SUZANNE RAND

Comment
te dire ?

*Traduit de l'américain par
Anne Dautun*

L'édition originale de ce roman
publiée chez Bantam Books, Inc., New York,
a paru sous le titre :
ASK ANNIE
Collection SWEET DREAMS marque déposée (TM) de Bantam Books Inc.
© Suzanne Rand and Cloverdale Press, 1982
© Hachette, 1986.
79, boulevard Saint-Germain, 75006 Paris.

1

« *Q*u'en penses-tu, Anny ? demanda Kathy devant la coiffeuse de sa chambre, en pivotant sur son siège pour se tourner vers moi. Ce fard à joues est trop foncé pour moi, non ?

— Si tu veux te faire passer pour une Indienne demain au lycée, ça peut encore aller », dis-je en m'esclaffant.

Kathy poussa un soupir, prit un mouchoir en papier dans une boîte et se mit à retirer son maquillage.

« Faut voir les choses en face. Tu as le teint trop clair pour mettre ce "Hâle tropical", Kathy.

— C'est un jeu de mots ? demanda mon amie

en venant s'affaler sur l'un des lits jumeaux tout près de celui où j'étais assise. Faut voir les choses en *face*, ça ne va pas sur ta *face*. Pigé ? Ha, ha, ha ! D'ailleurs, je te fais remarquer que ça s'appelle "Hâle tahitien". Quand je pense que j'ai dépensé cinq dollars pour un fard à joues que je ne mettrai jamais !

— Mais aussi, pourquoi as-tu acheté une couleur pareille ? demandai-je.

— Dans une crise de bêtise, sûrement. »

Passant les doigts dans ses boucles rousses, Kathy eut un sourire désolé. Je savais que, comme d'habitude, son humeur chagrine disparaîtrait aussi rapidement qu'elle était venue.

« J'étais dans le salon de coiffure de maman, en train d'attendre que la coiffeuse finisse son brushing et j'ai vu la pub dans un magazine. Evidemment, le mannequin était ultra-mince, brune, avec des pommettes... enfin, on aurait dit qu'elle n'avait rien mangé depuis plusieurs jours ! »

Kathy poussa un second soupir appuyé, preuve criante de la raison pour laquelle on la considérait comme la meilleure actrice des classes de seconde.

« Je crois que ce n'est pas tout à fait ton genre, dis-je d'un ton apaisant. Les tons pastels te vont mieux.

— Dis donc, Anny, si tu crois que je suis dupe ! Tu veux dire que j'ai le visage rond comme une galette et le teint blanc comme de la farine ! rectifia-t-elle, constatant exactement ce que je pensais. C'est injuste ! Pourquoi Tim a-t-il des pommettes saillantes et de longs cils et moi, une tête de femme de chambre irlandaise ? »

Elle gémit, puis sauta du lit comme un convalescent impatient qui vient de passer deux bonnes semaines allongé avec la grippe asiatique.

« Si on allait faire nos devoirs de maths chez toi ? J'ai une de ces envies de grignoter les biscuits au chocolat de ta mère ! » Elle marqua une pause et me jeta un coup d'œil investigateur avant d'éteindre la lumière. « Tu peux prendre le blush-on, je t'en fais cadeau, ajouta-t-elle. Au moins, toi, tu as la couleur de peau qu'il faut. »

Plus tard, au moment de me coucher, après le départ de Kathy et après avoir souhaité bonne nuit à mes parents, je me rappelai les paroles de mon amie.

Ça voulait dire quoi, au juste : « tu as la couleur de peau qu'il faut » ? Et si mon teint allait avec le « Hâle tahitien », est-ce que cela voulait dire aussi qu'il était bien en général ? Kathy se moquait toujours d'elle-même, se baptisant « Face de galette » et « Bouche de pompe à incendie », mais cela lui était facile : elle savait bien qu'à sa façon elle était jolie. Elle avait une sorte de confiance en elle qui m'était totalement étrangère. Kathy faisait partie de ces filles qui sont naturellement sûres d'elles-mêmes sans être pour autant prétentieuses. D'ailleurs, les deux jumeaux O'Hara étaient pareils. Ils semblaient n'attacher aucune importance à ce que les autres pensaient d'eux.

En fait, toute la famille, les parents et les cinq enfants, avait ce trait de caractère. Et pour cette raison, depuis que j'étais toute petite, j'avais toujours aimé traîner chez eux, car ils habitaient juste au coin de notre pâté de maisons. Aujourd'hui encore, bien que Mary fût mariée et installée dans le New Jersey, Andy dans la Marine et Térésa toujours occupée à l'école de puériculture, j'aimais aller chez eux. C'était une maisonnée bruyante, animée et drôle.

Chez nous, c'était bien différent, peut-être parce que j'étais fille unique. Nous ne restions pas attablés à la cuisine pendant des heures à bavarder, comme le faisaient les O'Hara une fois que les parents de Kathy étaient rentrés du travail. Lorsque papa poussait la porte, il allait tout simplement s'asseoir dans la salle de séjour en solitaire et revoyait les contrats d'assurance qu'il avait réalisés dans la journée ; puis il lisait le journal. Maman ne travaillait pas, elle était donc ordinairement occupée à cuisiner ou, s'il faisait encore jour, à sarcler son jardin. La table de cuisine, chez nous, était uniquement réservée au petit déjeuner. Nous prenions tous nos autres repas autour de la grande table en acajou de la salle à manger.

« Kathy réagirait-elle différemment si elle avait mon visage ? » me demandais-je tout en me débarbouillant au lavabo de la salle de bains. « Non, probablement pas, elle serait pareille », conclus-je en répondant à ma propre interrogation. Kathy O'Hara ne resterait pas plantée comme moi devant son miroir, à se demander si son teint mat ne tirait pas un peu trop sur l'olivâtre ou le jaune, ou si ses cheveux bruns ne manquaient pas d'éclat. Elle accepterait simplement ce que la nature lui aurait donné en partage.

Eh bien, moi aussi, j'allais faire de même ! Je me souris dans la glace, exhibant les dents que je tenais de mon père et dont il se plaignait en disant qu'elles « débordaient du seuil ». C'était ce que je considérais, moi, comme mon sourire de star de cinéma, même si j'étais toujours trop intimidée pour songer à en éblouir les gens lorsque l'occasion en valait la peine. « Bonne nuit, beauté ! » murmurai-je comiquement à mon reflet. Puis je me fis la grimace, éteignis la lumière et traversai le couloir pour regagner ma chambre.

Le lendemain était un jour beau et ensoleillé, autant que le sont parfois les dernières journées de septembre. Comme d'habitude, papa était déjà parti lorsque je gagnai le rez-de-chaussée et maman faisait le ménage dans le salon où ils avaient regardé la télévision la veille au soir.

Elle avait déposé un verre de jus d'orange sur la table de cuisine, à ma place habituelle, à côté d'un bol de céréales. Je versai distraitement le lait dessus. Mon esprit bourdonnait déjà d'activité, s'efforçant de deviner si Tim O'Hara partirait en classe au moment où je passerais chercher Kathy. J'espérais que je le trouverais sur le point d'enfourcher sa bicyclette, comme cela s'était produit la veille à la même heure. Mais aujourd'hui, j'avais meilleure allure dans mon pantalon moulant de velours flambant neuf et mon chemisier rayé rouge et blanc. J'avais même pris la peine de suivre les recommandations des magazines — espérant avoir bien compris leurs conseils pour accentuer les pommettes — en étalant soigneusement le « Hâle tahitien » vers mes tempes.

J'ignorais ce qu'il en était du côté de Tim O'Hara, mais moi, j'étais amoureuse de lui pratiquement depuis toujours. Et au lieu de diminuer, ce sentiment ne cessait de grandir. Cette année, c'était pire que jamais. Tim et Kathy avaient passé la fin de l'été à visiter avec leurs parents le Canada et, au retour, Tim m'avait paru plus grand et plus beau que dans mon souvenir.

Mais il ne parut pas me remarquer davantage qu'à l'époque où nous étions tous ensemble à l'école primaire et où maman me baptisait poliment « gros bébé ». En fait, le « gros bébé » avait eu la vie dure jusqu'à l'adolescence. Oh, je n'ai jamais ressemblé à un ballon dirigeable, mais, jusqu'à l'été qui venait juste de s'écouler, j'aurais volontiers donné un million de dollars pour réduire à l'inexistence ce qu'un marchand d'esclaves avisé ou un couturier auraient désigné sous le terme de « rondouillette ».

Toujours est-il que, en entrant en classe de troisième au collège de Castle Heights au lieu de retrouver notre bonne vieille école de briques, je ne pouvais plus supporter d'être « agréablement rembourrée ». Je regardais toutes ces filles ultra-minces qui m'entouraient et je me faisais l'effet d'une parente du Bibendum Michelin. Tant que je m'habillerais en taille 44 pour une stature d'un peu plus d'un mètre soixante, aucun garçon ne ferait jamais attention à moi. Pourquoi m'aurait-il remarquée ? C'est la raison pour laquelle je me décidai à entreprendre un régime.

Bien sûr, décider de faire un régime et s'y plier pour de bon sont deux choses bien différentes et je me sentais trop mal dans ma peau au collège pour trouver moyen de cesser d'engloutir de la nourriture. Mais les vacances venues, tout changea.

Dès la fin des cours, je m'inscrivis dans un club de natation local. Je me contraignis à franchir chaque jour à pied ou à bicyclette le kilomètre et demi qui me séparait de la piscine et je me forçai à effectuer d'abord cinq, puis dix, puis vingt longueurs de bassin.

J'eus même le courage d'annoncer à maman que j'essayais de perdre du poids et de lui demander de ne plus me mitonner de petits desserts. Je m'attendais à ce qu'elle déclare que j'étais trop jeune et que de toute façon je n'avais pas du tout de kilos en trop. Vous imaginez donc ma surprise lorsqu'elle répondit : « Bien sûr, ma chérie. Je ne m'étais pas rendu compte que tu essayais de te restreindre. » Elle alla même jusqu'à taper sur son ventre parfaitement plat en déclarant : « J'ai idée qu'un kilo ou deux de moins ne nous feront pas de mal, tous tant que nous sommes. A partir d'aujourd'hui, nous ne ferons plus que des repas diététiques. »

Vous savez, maman — et papa aussi, d'ailleurs — est comme ça. Ils ne sont pas démonstratifs, exubérants et décontractés comme les O'Hara, mais leurs intentions sont les meilleures du monde. Je crois qu'ils sont tous les deux timides. C'est peut-être pour ça que je suis devenue timide aussi. Qui sait ?

Pour en revenir à mon histoire, quand Tim et Kathy rentrèrent du Canada à la fin du mois d'août, j'étais devenue une fille mince et svelte de cinquante-deux kilos.

Lorsque Kathy se présenta à la maison pour m'annoncer leur retour et que j'ouvris la porte, elle tressaillit de surprise.

« Ça alors, Anny, tu es superbe ! Chic, on va pouvoir échanger nos vêtements, maintenant ! »

Ça, c'est Kathy tout craché : du sens pratique dans n'importe quelle circonstance.

Bien entendu, j'attendais avec une impatience folle que Tim découvre la nouvelle Anny Wainwright. Lorsque je le revis pour la première fois, je me rendais à l'épicerie et il était en train de tondre la pelouse quand je dépassai la maison des O'Hara. Eh bien, savez-vous ce qu'il dit ?

« Ohé, Anny ! Ça va ? fit-il en me hélant de la main. Qu'est-ce que tu as fait de passionnant cet été ?

— Rien d'extraordinaire, répondis-je en attendant sa réaction de surprise en constatant combien j'avais changé. Un peu de natation à la piscine, c'est tout.

— Je parie que Kathy t'a déjà raconté notre voyage, poursuivit-il sans s'émouvoir comme si j'étais restée la petite boule de graisse qu'il avait quittée en partant. Mon vieux, ce qu'on s'est marrés !

— Oui, murmurai-je sans savoir quoi dire de plus. C'est formidable. »

Et j'attendis juste un peu, pour voir s'il n'allait pas me déclarer que j'étais devenue bien belle en portant la main à son cœur. Mais comme il n'en faisait rien, je me contentai de marmonner :

« Bon, salut, à bientôt, Tim. »

Et je m'esquivai. Rendez-vous compte, il n'avait rien remarqué !

Aujourd'hui, en marchant vers la demeure de Kathy, je me demandais si, au cours de toutes ces années de voisinage, Tim O'Hara m'avait jamais remarquée. J'avais le sentiment que la réponse était non et je me sentais de nouveau aussi paralysée et hors du coup qu'à l'époque où je me voyais sous les traits d'une volaille bien gavée prête à rôtir au four.

Tout en approchant de la maison blanche des O'Hara, j'aperçus Tim agenouillé près du garage. D'où j'étais, j'entendais le chuintement de la pompe à vélo alors qu'il s'ingéniait à regonfler les pneus. J'accélérai légèrement le pas, m'efforçant d'atteindre le chemin d'accès avant son départ.

Puis je ralentis de nouveau. J'aimais bien regarder Tim à son insu. Il avait de magnifiques cheveux noirs bouclés et un long corps mince. Lorsque nous étions petits, Tim et Kathy étaient pratiquement de la même taille. Puis, l'été de nos treize ans, Tim fit une poussée. A présent, il mesurait un bon mètre quatre-vingts. Kathy était restée minuscule et agréablement ronde.

Et elle était bonne observatrice au sujet de leurs pommettes. De là où je me trouvais, je distinguais bien les lignes anguleuses du visage de Tim. Avec son hâle estival, il ressemblait davantage à un beau guerrier indien qu'à sa sœur jumelle. Tim et Kathy n'avaient en commun que leurs nez retroussés piquetés de taches de rousseur, et leurs yeux verts scintillants.

Tim leva les yeux à l'instant précis où je m'engageais dans l'allée et vous allez croire qu'il m'attendrait pour bavarder. Eh bien, non, pas de veine. Alors que je remontais vers la maison, il retroussa son jean pour ne pas l'abîmer et enfourcha son vélo, dévalant la pente douce du chemin d'accès.

« Salut, Tim ! lui lançai-je gaiement lorsqu'il ne fut plus qu'à quelques pas de l'endroit où je m'étais arrêtée pour l'attendre.

— Salut, Anny ! Il fait drôlement beau aujourd'hui, hein ? »

Tim m'accueillait avec un visage ouvert et amical, et j'aurais dû pouvoir répondre avec autant de décontraction, mais cela m'était impossible. Pour moi, il n'était pas tout bêtement Tim O'Hara, le frère de Kathy. C'était un garçon, le garçon de mes rêves. J'avais l'impression d'avoir la langue aussi lourde que du plomb. Je ne parvenais pas à la remuer pour articuler ce que j'aurais voulu dire. Je me contentai de hocher approbativement la tête et de sourire, mais je sentais que c'était un sourire pincé, crispé, comme si j'avais eu peur de faire tomber mes dents en les découvrant trop largement. Mon sourire de star de cinéma m'avait totalement désertée.

Tim s'arrêta près de moi, laissant filer son pied sur le sol pour stopper en gardant l'équilibre. Il tressauta légèrement sur la selle.

« Ce fichu pneu arrière doit être percé, constata-t-il davantage pour lui-même que pour moi. Je viens de le regonfler mais il reste mou.

— Oui, je t'ai vu faire », dis-je tout en sachant que ma remarque ne brillait pas par sa pertinence.

Mais j'avais tant envie de le retenir encore un peu près de moi ! Je plissai les paupières pour examiner le pneu défectueux comme si j'étais experte en la matière.

« Pourtant, il a l'air normal, commentai-je.

— Oh, il tiendra bien jusqu'au lycée. »

Et Tim m'adressa un grand sourire, que je lui rendis. Le lycée de Castle Heights n'était en effet qu'à quelques dizaines de mètres de notre rue.

J'entendis la porte à double battant se rabattre bruyamment, indiquant que Kathy surgissait au-dehors, et j'essayai vite de trouver quelque chose à dire avant qu'elle nous ait rejoints.

« Tu devrais peut-être lui faire faire une révision, déclarai-je en désignant le vélo.

— Ouais, je le porterai au garage un de ces quatre. »

Tim sourit, haussant les épaules, puis il se remit en selle et, m'adressant un petit signe de la main, il s'éloigna en pédalant.

Kathy enfournait précipitamment des papiers et des livres dans son fourre-tout tout en se ruant à ma rencontre.

« Navrée d'être en retard ! Je n'arrivais pas à me rappeler où j'avais fourré mes affaires de maths ! Un jour, il va falloir que je me décide à m'organiser », se promit-elle tout en sachant aussi bien que moi qu'il n'en serait rien.

L'étourderie faisait partie intégrante de la personnalité de Kathy et il m'arrivait parfois de croire qu'elle la cultivait parce que son côté fofolle empêchait nos autres camarades de remarquer qu'elle était excellente élève.

Elle bavarda à qui mieux mieux pendant que nous nous dirigions vers le lycée.

« Figure-toi, gémit-elle, que maman a décrété que si je n'avais pas rangé mon armoire d'ici demain après-midi, je serais privée de cinéma samedi soir. Et je sais qu'il va me falloir des *journées* entières pour en venir à bout ! »

Je hochai la tête, sans l'écouter vraiment. L'écho de ma propre voix résonnait encore trop fortement dans ma tête : *Tu devrais peut-être lui faire faire une révision.* Comment avais-je pu dire une stupidité pareille à Tim après avoir attendu autant de temps pour oser lui adresser la parole ? Il avait dû me trouver tellement barbante que ça n'avait sans doute eu aucune importance que je sois devenue mince.

Arrivée au lycée, j'enfermai à la hâte mes

affaires dans mon casier et courus au second étage. J'atteignis le bureau de prêt de la vaste bibliothèque à l'odeur poussiéreuse à l'instant précis de la première sonnerie.

Mme DeWitt, la bibliothécaire grisonnante que tout le monde baptisait « le Pruneau » derrière son dos parce qu'elle était sèche, ridée et aussi désagréable qu'un fruit amer, m'adressa un regard d'approbation sévère par-dessus la monture de ses lunettes tout en tamponnant la carte de retrait collée à l'intérieur de la couverture de *Voyage dans les contrées sauvages du Canada*.

« Voici, mademoiselle Wainwright », dit-elle en faisant glisser le livre vers moi sur le comptoir couvert de linoléum. Mme DeWitt ne s'adressait jamais aux élèves par leur prénom et elle devait probablement appeler son mari M. DeWitt. « Il est bien agréable de constater que certains élèves s'intéressent encore à l'élargissement de leur culture au point de venir si tôt à la bibliothèque. Ah, de mon temps, les jeunes ne dédaignaient pas les bons livres. Mais ça, c'était avant qu'il y ait la télévision, hélas !

— Merci, madame DeWitt », dis-je précipitamment en m'emparant du gros livre et me ruant vers les vestiaires. Je n'avais aucune envie de subir un des innombrables laïus de la bibliothécaire sur les méfaits de la télévision. Et puis, je ne pouvais m'empêcher de me sentir

coupable, comme si elle m'avait prise en fla-
grant délit de mensonge. Vous comprenez, elle
me tenait pour une élève studieuse, alors que
mon intérêt pour le Canada n'avait qu'un seul
motif : je comptais avoir recours à ce sujet de
conversation pour obtenir un rendez-vous avec
le frère de ma meilleure amie !

2

J'eus l'occasion de faire étalage de mes connaissances sur le Canada auprès de Tim dès le jour suivant.

Lorsque je passai chercher Kathy, sur le chemin du lycée, sa bicyclette n'était pas chez les O'Hara et je crus qu'il était déjà parti. Nous étions vendredi. Je fus donc un peu démoralisée de l'avoir manqué, d'autant plus que j'avais passé une grande partie de la nuit à lire des récits d'exploration dans les régions sauvages du Canada, ce qui avait l'air d'être à peu près aussi amusant que de se trouver devant un peloton d'exécution.

Nous n'avions qu'un seul cours en commun, Tim et moi. Bien que nous fussions tous deux en classe de seconde, le lycée de Castle Heights était un gros établissement, le plus important de toute la banlieue de Philadelphie. Il n'y avait donc rien d'étrange à ce que nous ne soyons ensemble qu'en histoire américaine. Et comme M. Petrowski, le vieux bouc ratatiné qui nous faisait cours, était un adepte de l'ordre alphabétique, Tim était assis au milieu du troisième rang alors que j'étais rivée à l'avant-dernier banc de toute la classe, juste devant Albert Zimmer.

Tout en marchant avec Kathy, je caressais la perspective de relire mon livre sur le Canada samedi soir. Mon amie ne tarda pas à interrompre le cours de mes pensées. Nous arrivions à environ un pâté de maisons du gros immeuble de granite gris à deux étages ironiquement baptisé « Prison du comté » à Castle Heights, lorsqu'elle s'exclama de la voix précipitée et excitée qu'elle réservait aux grandes nouvelles :

« Ça alors, Anny, c'est incroyable ! J'allais oublier de t'en parler ! »

Je savais que Kathy brûlait d'envie de s'expliquer, mais je savais aussi qu'elle aimait bien distiller le suspense et produire son petit effet. Je me gardai donc d'exiger tout de suite des précisions.

« Qu'est-ce qui est incroyable ? fis-je.

— Tu sais quel jour on est ? » demanda-t-elle d'un air de mystère.

Je haussai les épaules :

« Vendredi, tiens ! Ça se produit une fois par semaine, figure-toi.

— Mais non, pas n'importe quel vendredi, idiote ! » répliqua-t-elle d'un ton taquin.

Je l'examinai, essayant de deviner de quoi il était question. Elle portait une robe de style marin à col montant vraiment jolie et des ballerines de cuir rouge : elle avait une fois appelé cet ensemble « ma tenue d'actrice », je me doutai donc que la nouvelle avait un lien avec l'atelier d'art dramatique. Mais je décidai de la taquiner un peu.

« Ah, mais oui ! J'avais oublié ! m'exclamai-je. C'est aujourd'hui que tu dois ranger ton armoire si tu ne veux pas être consignée à la maison demain soir ! »

Kathy roula mélodramatiquement des yeux d'un air consterné :

« Ne sois pas stupide, Anny ! D'ailleurs, je me suis débarrassée de ça hier soir.

— Alors, je donne ma langue au chat, dis-je d'un ton traînant pendant que nous franchissions les lourdes portes de chêne de l'entrée principale du lycée, louvoyant à travers les petits groupes d'élèves qui attendaient en bavardant la première sonnerie.

— C'est aujourd'hui les auditions de ma classe pour la pièce ! s'écria Kathy en agrippant mon bras, trahissant l'excitation qui l'agitait.

22

Cette année, on monte *Othello*. Tu ne trouves pas que je serais parfaite dans le rôle de Desdémone ? »

Je ne pus m'empêcher d'éclater de rire.

« Il me semble qu'Emily est plus modeste que ça », lui rappelai-je.

Puis, la voyant changer de tête, j'ajoutai précipitamment :

« Mais ça mis à part, oui, je crois que tu serais formidable.

— Oh, je meurs d'envie d'avoir ce rôle ! » s'écria Kathy.

Elle gémit, mais son visage avait repris son expression normale et elle paraissait plutôt heureuse. C'est comme ça, avec Kathy. Le moindre rien la déprime, mais une seconde plus tard, elle ne s'en souvient déjà plus. J'imagine que c'est ce qu'on appelle un tempérament artistique. Moi, je suis davantage du genre « lent à réagir », ce qui va bien avec mon envie de devenir journaliste. Je ne suis jamais prompte à me mettre en colère ou à me réjouir, mais une fois que je suis d'une humeur donnée, il faut un tremblement de terre pour m'en arracher.

La sonnerie retentit, annonçant le moment de se rendre aux vestiaires.

« Il faut que je me sauve », dis-je précipitamment.

Le vestiaire de Kathy était juste à côté de la salle de spectacle du rez-de-chaussée, mais le mien se trouvait à l'autre bout de l'un des vieux couloirs aux planchers grinçants du deuxième étage, dans les locaux anciens du bâtiment, auxquels le lycée de Castle Heights se limitait dans les années cinquante.

« Dis, je voulais juste te prévenir que je ne pourrais pas rentrer avec toi ce soir à cause des auditions ! me lança Kathy. Et puis je dois répéter ma scène à midi !

— Entendu ! criai-je en réponse, sans même me retourner. Appelle-moi ce soir pour me dire comment ça s'est passé, hein ? Et bonne chance ! »

Cela ne me dérangeait pas que Kathy ait d'autres occupations. Nous ne réagissions pas du tout comme des sœurs siamoises, ou quoi que ce soit de ce genre. Oh, nous avions été longtemps inséparables étant petites, d'accord, mais depuis que nous étions entrées au lycée, nous nous étions fait d'autres amies et nous avions découvert nos propres centres d'intérêt. Kathy avait ses représentations pour l'atelier d'art dramatique, moi j'avais mon travail au *Beffroi*, le journal du lycée. J'étais très fière de jouer mon rôle au journal, même si on ne me confiait jamais, en tant que débutante, que de menues tâches, comme de distribuer de temps à autre les exemplaires dans les salles d'étude et de relire les épreuves. Mais, de temps en temps, Deanna Hackett, l'élève de terminale qui était rédactrice en chef, et M. Jansen, l'enseignant directeur de publication, me confiaient un petit reportage. Lorsque cela se produisait, je travaillais à mon article comme s'il était susceptible de me valoir le Prix Pulitzer.

Ce jour-là, je déjeunai donc au réfectoire avec Carole Deutsch et, après les cours, je rentrai tranquillement seule à pied à la maison. Kathy et moi avions fait le projet d'aller voir un film de Woody Allen le lendemain soir et sa compagnie ne me manquait donc pas trop.

J'avais franchi un peu plus d'une dizaine de mètres lorsque j'aperçus Tim, de dos, marchant un peu en avant de moi. Et il était seul !

Je hâtai silencieusement le pas, pour le rattraper sans qu'il s'en aperçoive. Je me disais que Tim serait assez poli pour accepter ma compagnie même s'il ne la désirait pas.

J'avais pris tant de précautions pour me faufiler jusqu'à lui qu'il ne m'entendit même pas lorsque je ne fus plus qu'à un ou deux mètres de lui. Mais je n'osai pas l'aborder carrément, je toussotai donc discrètement, faisant claquer mes semelles sur le trottoir. Tim détourna légèrement la tête et me reconnut du coin de l'œil.

« Salut, Anny ! Comment se fait-il que tu rentres seule ? Oh, c'est vrai, enchaîna-t-il aussitôt en se souvenant, Kathy auditionne pour la pièce, c'est ça ? »

Je gloussai avec gêne, sentant mon visage

s'empourprer parce que Tim marchait à mes côtés, du même pas que moi, et je ralentis pour faire durer notre route commune aussi longtemps que possible.

« Oui, elle prétend qu'elle sera parfaite dans le rôle d'Emily... tu sais, dans *Our Town* », ajoutai-je, martelant les mots avec la même gouaille que Kathy mettait toujours à les prononcer.

Tim eut un petit sourire en coin et mon cœur bondit d'émotion.

« Cette petite finira à Broadway un jour, déclara-t-il d'un ton fier et paternel, bien qu'il n'eût que quatre minutes de plus que sa sœur. Elle était toute retournée à l'idée de devoir partir au Canada cet été et de ne pas pouvoir donner un coup de main aux gens du théâtre. »

C'était l'occasion rêvée et je la saisis.

« Je donnerais n'importe quoi pour aller au Canada, mentis-je. J'ai entendu dire que les couchers de soleil sont extraordinaires à Banff. J'adorerais contempler le soleil en train de décliner derrière les... » J'hésitai un instant, m'efforçant de retrouver ce que j'avais lu dans mon livre. « Les sapins baumiers et voir les reflets rouge or sur le lac !

— Ouais, moi aussi, j'aimerais bien visiter cette région un jour, déclara Tim avec enthousiasme. Mais là, on n'est pas allés aussi loin vers l'ouest. On est restés dans les parages des grandes villes. J'ai vraiment adoré Montréal, c'est formidable ! »

Mon petit sourire entendu s'effaça sur mes lèvres. J'avais été si satisfaite de mon idée, en méditant un plan pour trouver un sujet de conversation à partager avec Tim, que j'en avais oublié de me rappeler les informations fournies par Kathy sur leur voyage. Mon livre ne parlait pas du tout des grandes villes !

« Tu veux dire que tu n'es pas allé du tout dans les régions sauvages ? » demandai-je.

Je devais avoir l'air toute retournée, car Tim m'adressa un regard bizarre.

« Non. Mais j'aimerais bien les visiter un jour », ajouta-t-il comme pour m'apaiser.

Je me sentis stupide. Nous poursuivîmes notre chemin dans le plus profond silence, pendant que je m'évertuais à trouver une entrée en matière qui ne paraîtrait pas totalement hors du coup. Heureusement, Tim ouvrit le premier la bouche.

« J'ai dû laisser ma bicyclette au lycée, déclara-t-il. Le pneu est complètement foutu et je ne peux pas en racheter d'ici lundi, quand *Armor* m'aura versé mon salaire. »

Armor était la grosse épicerie du voisinage et Tim y travaillait après les cours depuis maintenant près d'un an.

« Tiens, tu bosses toujours là ? demandai-je.

— Seulement le samedi après-midi et le jeudi

27

soir. J'ai besoin de garder du temps libre après les cours pour aller à l'entraînement de basket. Je suis sélectionné dans l'équipe universitaire cette année. »

N'avais-je pas lu quelque part qu'il fallait toujours s'enthousiasmer lorsque quelqu'un vous parlait de ses rêves et de ses projets ?

« Ah, oui ? C'est formidable ! m'exclamai-je.

— Mouais, fit Tim sans avoir l'air plus heureux que ça. Disons que ce *serait* formidable si ma mère était un peu moins crispée sur la question. L'entraînement de l'équipe débute le mois prochain et elle commence déjà à dire que ce serait peut-être mieux que je n'y aille pas.

— Mais comment ça se fait ? »

Tim haussa les épaules.

« L'an dernier, quand j'étais dans l'équipe junior, mes résultats scolaires avaient baissé. J'ai essayé de persuader maman que ça ne se reproduira pas cette année parce que j'ai moins de boulot chez *Armor*, mais elle n'a pas encore dit O.K. » Tim soupira d'une façon presque aussi théâtrale que celle de Kathy. « Tu n'imagines pas le coup que ce sera pour moi si elle refuse. »

« Voilà le moment ou jamais de mettre mon astuce de reporter en action », pensai-je tout en retournant le problème dans ma tête. Je tenais davantage à voir notre conversation se poursuivre qu'à aider Tim à entrer dans l'équipe de basket-ball, mais je n'étais pas tout à fait égoïste. Il avait l'air si malheureux à l'idée de se trouver exclu de l'équipe que j'étais résolue à l'aider.

« Tu devrais peut-être conclure un marché avec elle », suggérai-je brillamment comme si j'avais l'habitude de donner chaque jour des conseils à de superbes joueurs de basket.

En tout cas, je marquai un point : j'avais capté son attention.

« Comment ça ? demanda Tim en s'arrêtant pile au beau milieu du trottoir et en me dévisageant. Quel genre de marché ?

— Un marché », déclarai-je calmement.

Je me remis en marche pour dissimuler ma nervosité à Tim. Vous vous rendez compte ! J'en avais du culot, de dispenser des conseils à Tim O'Hara sur la façon de traiter avec sa mère, comme si j'étais la sagesse et le savoir personnifiés !

« Demande-lui tout bêtement de t'accorder deux mois d'essai, poursuivis-je en m'efforçant de conserver un ton calme et détaché. Si tes notes ne se sont pas améliorées d'ici là, tu acceptes de quitter l'équipe sans discuter. Si elles sont bonnes, elle promet de ne plus te tanner au sujet du basket-ball. »

Tim poursuivit sa route sans rien dire et je n'osais lever les yeux vers lui de peur de découvrir sur son visage une grimace écœurée à l'idée de ma prodigieuse bêtise. Mais quand je risquai enfin un coup d'œil dans sa direction, il me gratifia d'un hochement de tête et d'un petit sourire.

« Pas mal ton idée, dit-il finalement. Pas mal du tout ! »

Nous étions arrivés devant la maison des O'Hara et, comme nous nous arrêtions, Tim inclina légèrement la tête et ses magnifiques yeux verts plongèrent dans les miens. On aurait dit que c'était la première fois qu'il me regardait comme une personne à part entière. Enfin ! Devinez un peu depuis combien de temps j'attendais un tel instant ?

« Hé, dis donc, merci beaucoup, la môme, déclara-t-il en me tapotant légèrement l'épaule, ce qui faillit me faire bondir de joie. Je te tiendrai au courant du résultat. »

Il s'éloigna de quelques pas, puis revint en arrière :

« A propos, je t'ai déjà dit que tu étais belle ? Vraiment super, ces derniers temps. » Ses joues rosirent légèrement, puis il leva la main dans un salut moqueur. « Bon, ciao. Merci pour le coup de main ! »

J'accomplis le reste du trajet jusque chez moi en pleine euphorie, comme si je flottais sur un nuage. Tim avait beau m'avoir appelée « la môme », cela ne parvenait pas à ternir le bonheur que me procuraient ses paroles. J'étais aussi transportée que s'il m'avait appelée « chérie ». Parce que, pour la première fois depuis que je le connaissais, j'avais eu assez de cran pour lui parler comme si j'étais une fille mûre et qui n'était pas le moins du monde embarrassée par une conversation avec un garçon. Et mon audace avait payé ! Tim avait enfin contemplé un bon coup la nouvelle Anny Wainwright !

3

*J*e n'avais pas toujours eu peur des garçons. A l'école primaire, j'étais même un peu garçon manqué. Kathy aussi, d'ailleurs, et c'est pourquoi nous étions devenues si bonnes amies. Nous étions toujours en train de harceler Tim et ses copains pour qu'ils nous permettent de jouer au base-ball, au basket ou au football avec eux. Même à notre entrée en sixième, nous étions davantage portées à asticoter Andy O'Hara pour qu'il nous emmène pêcher avec lui dans le lac de la Route 12 qu'à rechercher la compagnie de Molly et de Térésa, dont les sujets d'intérêt — maquillage, collections de disques et garçons — nous paraissaient tout bonnement stupides.

Lorsque j'eus douze ans, maman et papa m'offrirent une nouvelle montre, la combinaison de ski bleu clair que j'avais choisie et cinquante dollars à dépenser comme bon me semblerait. Maman eut une grande conversation avec moi sur la puberté.

Elle m'informa de choses que je savais déjà pour la plupart : que j'aurais bientôt mes règles et que mon corps allait se transformer. Elle avait constamment recours, pour s'expliquer, à l'expression « devenir une jeune fille » et son petit visage brun était tout crispé, comme lorsqu'elle s'efforce de rester sérieuse. A la façon dont maman ne cessait de passer la langue sur ses lèvres chaque fois qu'elle s'interrompait pour reprendre son souffle, je voyais bien qu'elle n'était pas à l'aise. On aurait dit qu'elle redoutait que quelqu'un surprenne ses paroles et trouve qu'elle s'y prenait vraiment de la plus mauvaise façon possible.

Elle finit par m'agacer, à force de répéter : « Bon, est-ce que tu as bien compris, Anny ? » et d'enchaîner aussitôt sur la phrase suivante sans me laisser la moindre possibilité de parler. Elle avait peut-être peur que je lui pose une question gênante. Toujours est-il que, dès que je pus ouvrir la bouche, je déclarai :

« Ça va comme ça, m'man, Mme Bendix nous a déjà expliqué tout ce bazar en classe. Dis, je peux aller faire mes devoirs, maintenant ? »

Elle me libéra alors et je compris qu'elle était contente d'en avoir fini à si bon compte. Le hic, c'était que ni maman ni Mme Bendix ne se mêlèrent de chercher à m'expliquer pourquoi les garçons s'étaient brusquement transformés en ennemis à mes yeux.

Attention, je ne dis pas qu'ils m'apparaissaient sous les traits d'effroyables bourreaux, ni quoi que ce soit de ce genre. Simplement, plus je grandissais, plus je réalisais combien les garçons étaient *différents*.

Eux aussi s'en rendaient compte, car Tim et ses copains s'évertuaient de leur mieux à se débarrasser de nous chaque fois qu'ils nous apercevaient. Andy nous laissait encore traînailler derrière ses basques, mais je voyais bien qu'il nous considérait non plus comme des égales mais comme deux gamines et ainsi, plus rien n'était pareil.

Lorsque j'entrai au lycée, j'étais incapable de dire plus de deux mots de suite à un garçon, à moins qu'il ne fût de l'espèce de Marshall Todman qui paraissait ne même pas savoir que les filles existaient et ne le saurait probablement jamais. Lorsque je me trouvais près de garçons mignons comme Tim ou Billy Ray, mes lèvres devenaient comme engourdies, comme si le dentiste venait de m'injecter de la novocaïne — et mon cerveau ne valait pas mieux.

En classe de troisième, je rendis mon excédent

de poids responsable de tout. Je suppose que tant que je pouvais me dire que j'étais si grosse qu'aucun garçon ne risquait de m'inviter à sortir avec lui, j'étais capable de supporter mon trouble et mon embarras en leur présence. Mais il y avait une autre chose que je ne pouvais me dissimuler : j'avais follement envie d'avoir un petit ami.

Les autres filles, je le savais, avaient des rendez-vous, participaient aux fêtes en plein air et aux bals du lycée, etc. Kathy avait été invitée une bonne dizaine de fois, en classe de troisième, et elle m'avait même confié que, lorsqu'elle s'était rendue à une soirée en plein air avec Kévin Thomas, qui avait un an de plus que nous, ils avaient passé les trois quarts du temps à se donner des baisers dans le parking. « Il embrasse tellement bien, Anny ! » disait-elle en minaudant d'une manière qui me donnait envie de la rouer de coups. « J'aimerais qu'il y ait plus de garçons qui sachent embrasser comme il faut. Pas toi ? »

J'approuvais sans trop me compromettre et me hâtais de ramener la conversation au résultat des matches de basket. Je ne voulais pas dire, même à Kathy, que personne ne m'avait jamais embrassée.

Maintenant, certaines des filles avec qui j'étais d'habitude avaient un petit ami attitré. Sandy Collins, par exemple, portait la chevalière de Doug Ruffner suspendue à son cou au bout d'une fine chaîne d'or et on la voyait constamment pendue à son bras comme un bracelet d'identité vivant, ou blottie contre lui dans les couloirs comme si la température avait brutalement chuté au-dessous de zéro. Elle ne mangeait encore avec nous au réfectoire que parce que l'administration du lycée, ignorant cruellement ce grand amour, leur avait attribué, à elle et à Doug, deux horaires différents aux services des repas.

Je me retrouvais donc, malgré mon nouveau physique, toujours aussi paralysée et muette chaque fois qu'il s'agissait d'adresser la parole à un garçon. Or, je venais d'oser parler non pas à n'importe quel garçon, mais à Tim O'Hara, et avec une telle décontraction qu'il était probablement persuadé qu'il m'arrivait régulièrement de rentrer à la maison en compagnie de joueurs de basket grands et adorables.

Toutefois, je m'efforçai de ne pas trop penser à cet incident, les jours suivants. Je m'efforçais surtout de combattre ma timidité. Vous savez, j'étais amoureuse de Tim et je me sentais aussi excitée à l'idée d'avoir eu une véritable conversation avec lui que si ç'avait été avec le président des Etats-Unis, mais il n'était pas question de me monter la tête. La situation pouvait ne jamais se reproduire et j'étais résolue à ne pas l'oublier.

J'avais déjà appris, en faisant parler Kathy sans trop en avoir l'air, que Mme O'Hara avait accepté le « marché » proposé par Tim pour le basket. Bien entendu, je n'étais pas peu fière de moi. Or, sans crier gare, une semaine plus tard à peine, il se produisit un incident qui attira Tim au centre même de mon existence.

C'était par une belle journée d'octobre, au temps clair et vif, une de ces journées qui vous mettent en accord avec tout le genre humain. Ma mère et mon père eux-mêmes semblaient plus gais que d'habitude. Papa avait eu une augmentation et obtenu le titre de directeur des ventes dans sa firme d'assurances et il réagissait comme quelqu'un qu'on vient de soulager d'un grand poids. Il était même rentré un soir à la maison avec une bouteille de champagne et avait insisté pour que maman me permette de boire un verre avec eux après souper. Papa et maman m'avaient paru lointains et distraits ces derniers temps, et j'avais cru deviner qu'ils étaient préoccupés par cette promotion possible. Lorsque maman trinqua avec papa et déclara : « A la limousine que nous avons enfin fini de payer ! » je sus que j'avais vu juste et que cette dette les avait tracassés récemment.

Cette semaine-là, Kathy aussi débordait d'énergie, bien qu'une autre fille eût obtenu le rôle d'Emily dans *Our Town*. Kathy s'était vu confier un rôle secondaire, mais cela lui convenait, c'était le moins qu'on puisse dire : elle donnait la réplique à Kurt Mauer. « Tu crois qu'on verra un jour nos deux noms réunis sur la même affiche, Anny ? demandait-elle en soupirant. Kathy et Kurt... Kurt et Kathy... On dirait un dieu grec, tu ne trouves pas, avec ses cheveux blonds et ses larges épaules ? » Il n'était guère difficile de deviner qu'elle était tombée amoureuse.

Pourtant, je n'étais pas jalouse. J'étais trop accaparée par la réalisation du plan que je projetais. Je devais m'efforcer de lutter contre ma timidité, j'avais donc décidé que chaque fois que je verrais passer un garçon de ma connaissance dans les couloirs, je lui lancerais un grand bonjour, et que chaque fois que j'en aurais la possibilité, je me forcerais à échanger quelques mots avec lui. Au début, ce ne fut pas facile. Mais plus je m'y appliquais, plus cela devenait aisé, et les garçons m'apparaissaient de moins en moins comme une race étrangère.

Et puis un jour, alors que je quittais le réfectoire, Tim me héla de l'endroit où il se tenait assis avec ses copains.

« Hé, Anny, viens voir une minute ! »

Je reconnus sa voix avant même de me retourner. Tim était avec deux garçons que je connaissais, Kenny Farrel et Barry Goldstein. Je sentais leurs regards braqués sur moi pendant que j'avançais vers eux et je m'efforçai de mon mieux de contrôler ma démarche pour que personne ne puisse voir que j'avais les jambes flageolantes et les genoux cotonneux.

« Ça vous apprendra, les nénettes ! » pensai-je effrontément en dépassant la table de Diana Caldwell et Marcy Cummings, dont les plateaux-repas restaient délaissés devant elles comme deux journaux dont elles se seraient subitement désintéressées. J'eus un petit frémissement de triomphe en apercevant la mimique incrédule de Marcy. Elle faisait la grimace comme si elle venait de mordre dans un fruit amer et je compris qu'elle feignait de ne pas m'avoir vue. Et pendant que je dépassais la table, je faillis pouffer de rire en l'entendant se lamenter auprès de Diana :

« Ce Tim O'Hara braille comme un âne ! Il faut toujours qu'il soit le centre de l'attention ! »

Marcy était tout bonnement en train de tracer son propre portrait. Tim était très connu au collège, mais il n'avait rien d'un égocentrique. Par contre, Marcy, elle, aurait pu recevoir l'Oscar de l'obsession du vedettariat. Déjà du temps où nous étions enfants, Mme Cummings la traitait comme une poupée de porcelaine, l'habillant de petites robes à jabot rien que pour aller à l'école primaire et les emplâtrer de boue en jouant au ballon, bien que Marcy n'eût rien d'une bagarreuse. Déjà alors, elle frappait délicatement le ballon du bout de ses petits souliers vernis avec des façons de dame, comme si elle était bien au-dessus de tout ça.

Lorsqu'elle avait commencé à s'intéresser aux garçons, Marcy était devenue encore plus exaspérante. C'était la séductrice de la classe, toujours en train de battre des cils et d'agiter ses cheveux blonds comme un matador brandissant sa cape devant le taureau. Je savais qu'elle aurait donné n'importe quoi pour avoir sa chance auprès de Tim O'Hara — ou de n'importe quel autre garçon du lycée, d'ailleurs. Quant à moi, elle m'avait toujours traitée comme si je n'existais pas, sauf une fois, à l'école primaire, lorsque j'avais traversé la cour pour demander si quelqu'un de son groupe voulait jouer avec moi au cochonnet. « Va-t'en, grosse dondon ! m'avait-elle jeté. Personne ne veut jouer avec toi. »

Vous comprenez pourquoi j'étais si contente de la rendre jalouse — et le ton agacé de sa voix révélait qu'elle l'était bel et bien ! Tout à coup, j'eus le sentiment d'avoir du pouvoir et cette sensation me fut agréable. Lorsque j'arrivai à la table où Tim était installé avec ses copains, j'arborais un grand sourire.

« Salut, Tim, dis-je avec aisance. Tu voulais me dire quelque chose ? »

Maintenant que j'étais là, on aurait dit qu'il ne savait plus quoi me dire.

« Euh... c'est Kenny. Il a un problème avec

son père et je lui disais justement que tu m'avais donné un bon conseil.

— Ouais. Ce qui fait que j'ai décidé de remettre ma vie entre tes mains », fit Kenny en clignant de l'œil.

Barry s'esclaffa tout en lui donnant une bourrade dans les côtes. Je me contentai de les regarder tout à tour en silence, essayant de savoir s'ils voulaient se moquer de moi. Finalement, Tim vint à mon secours. Je crois qu'il était agacé par l'attitude blagueuse de ses copains.

« Ecoute, Kenny, tu as l'intention de rester là à ricaner comme un idiot ? Ou tu expliques à Anny ce qui ne va pas ? » demanda-t-il, exaspéré.

Kenny retrouva aussitôt son sérieux.

« D'accord, fit-il en reprenant une attitude normale. Mon paternel dit qu'il ne voit pas pourquoi il me passerait sa bagnole le samedi soir. » Il prit une mine écœurée et je compris que l'interdiction l'ennuyait vraiment. « Oh, je sais bien que ce n'est pas par manque de confiance. C'est juste pour faire des difficultés.

— Alors, j'ai dit à Kenny que si quelqu'un pouvait lui donner un bon conseil, c'était toi, Anny », déclara Tim en plongeant son regard dans le mien avec tant de gravité que j'eus à la fois envie de rire et de pleurer.

J'arrivais à peine à rassembler mes idées, et encore moins à parler, tellement le cœur me remontait dans la gorge. Dieu merci, Barry rompit la tension.

« Chère Anny, proclama-t-il d'une voix sonore de speaker en brandissant devant lui un micro imaginaire, je vous en supplie, aidez-moi ! J'ai un problème terrible... »

Je souris faiblement. Kenny enchaîna sur un ton rigolard :

« Tu parles, comme si tu étais du genre à avoir des problèmes, hein, Goldstein ! »

Nous éclatâmes de rire en chœur et le nuage de tension qui semblait planer au-dessus de la table en fut balayé.

« Alors, qu'est-ce que tu en dis, Anny ? demanda Tim. Tu aurais un truc à proposer à Kenny ? » Il roula des yeux en direction de Barry. « On sait déjà qu'on n'a même pas le temps de *commencer* à s'occuper des ennuis de Goldstein ! »

Je ris, de soulagement cette fois. Les garçons me traitaient tout simplement comme un copain de leur bande, ils étaient décontractés et amicaux et je ne me sentis plus du tout intimidée.

« Pourquoi tu ne demanderais pas l'utilisation de la voiture comme une contrepartie ? suggérai-je. Ton père changera peut-être d'avis si tu lui dis que tu te charges de faire le plein chaque semaine, de vérifier le niveau d'huile, enfin l'entretien quoi ! »

Parlant du nez, Barry se mit à imiter Marlon Brando dans *Le Parrain* :

« C'est ça, Kenny, approuva-t-il, fais-lui une offre qu'il ne puisse pas refuser. »

Les autres éclatèrent de rire et je me joignis à eux sans arrière-pensée.

« Ce n'est peut-être pas génial comme idée, ajoutai-je en haussant les épaules, mais je n'ai rien de mieux à te proposer.

— Moi je trouve que c'est pas si mal, dit lentement Tim en hochant gravement la tête comme s'il était l'imprésario de Kenny. Ton avis, Farrel ?

— Ça vaut le coup d'essayer, déclara Kenny, paraissant légèrement encouragé. De toute façon, au point où j'en suis, je suis prêt à faire n'importe quoi.

— Ah ouais ? Sérieux ? demanda Barry. *N'importe quoi ?* Tu serais cap de dire des grossièretés à ta grand-mère ? De la forcer à se battre avec un chacal ? »

Les garçons commençaient à avoir un comportement un peu hystérique, je saisis donc la première pause de la conversation — si l'on peut dire — pour me lever.

« Bon, il faut que j'y aille, dis-je avec décontraction, désireuse de m'en aller avant qu'ils se mettent à se demander comment ils pourraient bien se débarrasser de moi. J'espère que je t'ai été utile, Kenny.

— Ouais, bien sûr, merci beaucoup, Anny »,
répondit-il distraitement, déjà si bien accaparé
par sa conversation avec les copains qu'il en
avait oublié ce qu'on venait de discuter.

Je restai donc plantée là, gênée et ne sachant
pas trop que dire ou que faire pour partir élé-
gamment, lorsque Tim vint de nouveau à mon
aide.

« Tu es la meilleure, Anny, déclara-t-il en
m'adressant un sourire éclatant qui relégua au
cabinet des horreurs mon sourire de star de
cinéma. Si je suis entré dans l'équipe de basket,
c'est grâce à toi, et je ne suis pas près de l'oublier.

— Oh, c'est rien, tu sais, dis-je sincèrement.

— Oh mais si, c'est *quelque chose*, Anny,
insista-t-il. Et toi aussi, je dois dire ! C'est quelque chose ! »

Après une telle réplique, je n'eus aucune gêne
à m'éloigner. Je flottais comme sur un nuage et
apparemment, ça m'arrivait de plus en plus souvent, ces temps-ci.

4

A dater de ce jour, ma vie changea du tout au tout. De plus en plus de garçons venaient s'adresser à moi, surtout lorsque quelque chose les tracassait.

En fait, tout fut une série de coïncidences. Après Kenny, Barry Goldstein me demanda de lui trouver un truc pour lui éviter de passer son examen de maths (je fus incapable de lui fournir la moindre idée sensée sur une question aussi délirante) et ensuite, Doug Ruffner, un copain de Kenny, m'aborda dans un couloir.

Doug avait eu une grosse dispute avec Sandy, sa petite amie, sur sa façon de s'habiller ; il trouvait qu'elle portait des jupes trop moulantes et qu'elle n'avait pas le droit de s'habiller comme bon lui chantait quand ils sortaient ensemble. Doug voulait que je lui apporte quelques lumières sur la façon dont il fallait s'y prendre pour manœuvrer Sandy. Vous vous rendez compte ? Me demander ça, à moi ? Alors que je n'avais jamais eu le plus petit semblant de rendez-vous avec un garçon ?

Je me gardai d'avouer cette carence à Doug, bien entendu. J'essayai tout simplement de me mettre à la place de Sandy et de comprendre ce qu'elle pouvait ressentir. Finalement, je déclarai :

« Et si tu lui faisais uniquement des compliments quand elle porte des vêtements qui *te* plaisent ? Quand tu les détestes, tu ne dirais rien. Après tout, elle s'habille aussi pour se faire plaisir. »

Tout ce déploiement de conseils fit bientôt de moi le centre de l'attention lorsqu'une bande de garçons se trouvait dans les parages. Enfin, pas systématiquement, bien sûr, mais assez souvent, ce qui n'était pas fait pour me déplaire. C'était un peu comme si je m'étais trouvé une véritable identité, vous comprenez ? Lorsque je discutais avec les garçons de ce qui les préoccupait, je ne me sentais plus aussi embarrassée pour parler. D'ailleurs, j'écoutais surtout. Et quand je prenais la parole, j'étais sûre de les intéresser... puisqu'il s'agissait d'eux-mêmes !

Je voyais, cependant, que certaines filles

n'appréciaient pas beaucoup ce qui se passait. Oh, personne ne me fit aucune réflexion, au début. Mais je les surprenais parfois à échanger des regards entendus ou exaspérés lorsqu'un garçon venait me voir entre les cours ou à la cantine.

Quelquefois, quand je me retrouvais seule avec moi-même, je me faisais l'effet d'un imposteur. Vous saisissez ce que je veux dire ? Je passais mon temps à donner mon avis sur toutes sortes de sujets auxquels je ne connaissais rien. Et le plus effarant, c'est que la plupart du temps, ces conseils se révélaient payants.

Une autre chose me tracassait : je n'étais apparemment pas plus près d'avoir une véritable vie sociale qu'à l'époque où je n'adressais jamais la parole aux garçons. Mais je me disais que c'était une question de temps. En tout cas, maintenant les garçons s'apercevaient de mon existence et me considéraient comme une personne à part entière.

Ce qu'il y avait à la fois de mieux et de plus difficile, dans toute cette affaire, c'était que Tim O'Hara s'en remettait sans cesse davantage à moi pour résoudre ses problèmes. Depuis que Kathy était retenue après la classe par les répétitions de la pièce, je rentrais souvent seule. Mais, une fois sur deux, Tim me rattrapait à peu de distance du lycée. Et croyez-moi, ces entrevues me payaient largement pour tout le reste, même si je devais écouter les plaintes et les récriminations de garçons qui m'ennuyaient et dont à mon avis les difficultés étaient plus que faciles à résoudre.

Je sentais, je *savais* que Tim me proposerait bientôt de sortir avec lui. Ne m'avait-il pas déjà avoué qu'il ne s'était jamais senti aussi à l'aise pour parler avec une fille qu'avec moi ?

Il y avait plus : il avait remarqué ma nouvelle silhouette.

« Kathy se plaint de prendre du poids, ces temps-ci, me dit-il un après-midi pendant que nous foulions du pied les feuilles rousses et bruissantes qui tapissaient le trottoir. Tu pourrais peut-être lui en parler, Anny. Après tout, il n'y a pas de raison qu'elle ne réussisse pas à faire un régime. Tu y es bien arrivée, toi. »

Puis il rentra les épaules, enfouissant sa tête dans le col de sa veste de laine comme s'il était confus de ce qu'il venait de dire.

« Je ne veux pas dire que tu étais grosse ou quoi, avait-il ajouté précipitamment. Mais depuis cet été, tu es vraiment devenue... euh... svelte. »

Un frisson tiède de plaisir me parcourut, malgré le vent glacial de la fin d'octobre. *Svelte.* Ah, si seulement je n'avais pas été enfouie sous mon duffle-coat qui dissimulait ma nouvelle silhouette !

« Merci de l'avoir remarqué, Tim, observai-je, ne me sentant pas d'aise. Je te promets de filer à Kathy mes meilleurs trucs de régime dès que j'en aurai l'occasion. »

Mais l'occasion en question ne vint pas : en effet, en me rendant au lycée avec Kathy, le lendemain matin, nous eûmes une effroyable dispute.

Kathy n'ouvrit guère la bouche au début du trajet, et je compris que quelque chose la préoccupait. Mais nous avions l'une et l'autre l'habitude de respecter nos secrets mutuels tant que nous n'étions pas disposées à en parler. Je laissai donc aller les choses, abordant des sujets insignifiants, puis devenant aussi silencieuse qu'elle. Personne n'a spécialement envie de s'épancher, si l'interlocuteur ne vous gratifie même pas d'un grognement ou d'un hochement de tête de temps à autre.

Lorsque mon amie rompit enfin le silence, ses paroles me frappèrent comme un coup de foudre.

« Tu sais, Anny, commença-t-elle en prenant une profonde inspiration et en adoptant une voix haut perchée et totalement artificielle qui trahissait sa réticence à devoir parler, je crois que tu débloques un peu, ces temps-ci. »

Je me raidis aussitôt, rentrant en moi-même. Je réagis toujours ainsi à la moindre critique.

« Ah oui ? » fis-je d'un ton à la fois provocant

et détaché, comme si elle ne venait pas de me porter un sacré coup.

Kathy me connaissait depuis beaucoup trop longtemps pour ne pas deviner le sens de mon attitude.

« Ecoute, Anny, ne cherche pas à te boucher les oreilles et à m'envoyer dinguer. Laisse-moi parler, me pressa-t-elle d'un ton presque implorant. Je ne devrais peut-être pas te le dire, mais je suis très embêtée parce que certaines filles ont fait des réflexions devant moi. » Elle prit une profonde inspiration. « Ecoute, elles ne comprennent pas pourquoi tu n'es plus de leur côté. Qu'est-ce qui t'a pris, brusquement, de devenir la nounou de tous les garçons ?

— Je ne risque pas d'être leur nounou, dis-je d'un ton dégagé, espérant qu'elle laisserait tomber le sujet. Je suis bien trop jeune pour ça ! »

Ma réflexion n'eut pas d'autre effet que de l'énerver.

« Tu sais parfaitement de quoi je parle ! protesta-t-elle d'un ton irrité. Tout à coup, tu t'es mise à être la madame Courrier-du-cœur du lycée. Je peux te dire que toutes les filles de seconde ont bien remarqué que les garçons se précipitent vers *toi* chaque fois qu'ils ont un problème. Et franchement, je n'arrive pas à comprendre ce qui t'a pris de devenir la nouvelle Marcelle Ségal. »

C'était à mon tour d'être agacée.

« Franchement, Kathy, quelle exagération ! Ce n'est quand même pas parce que j'ai donné une ou deux fois un petit conseil à un garçon que je suis devenue votre ennemie. Quant à avoir envie de remplacer Marcelle Ségal, alors ça ! ajoutai-je, oubliant que j'avais bel et bien songé à proposer une rubrique de ce genre pour le journal. Et puis où est le drame de toute façon ? Qu'est-ce que ça peut vous faire que les garçons m'aiment bien et veuillent parler de leurs affaires avec moi ?

— Je n'ai pas dit que c'était un drame ! Mais les filles commencent à en avoir marre de voir leurs petits copains se précipiter chez toi chaque fois qu'un prof leur passe un savon ou que leurs parents les ont privés de sortie. *Certaines* filles, souligna-t-elle, pensent que tu te mêles de ce qui ne te regarde pas.

— Et toi ? Tu penses quoi ? » répliquai-je.

Ma voix avait pris une intonation sèche et coupante que je ne lui connaissais pas. Mes tempes bourdonnaient. Il ne m'était jamais venu à l'idée qu'on pourrait me reprocher mes amitiés avec les garçons, et encore moins que cela ennuierait Kathy !

Elle haussa les épaules et quand elle reprit la parole, sa voix avait un accent de gaieté forcée, comme si elle s'efforçait de minimiser son opinion.

« Je pense que tu perds ton temps, c'est tout.

Et aussi qu'on se sert de toi. Regarde Tim, par exemple », acheva-t-elle.

Mon cœur s'arrêta de battre.

« Quoi, Tim ? répliquai-je.

— Eh bien, si tu n'étais pas constamment à lui dicter sa ligne de conduite, il finirait bien par se débrouiller tout seul. Sans parler du fait que mon cher frangin est une telle tête de cochon qu'il n'écoute jamais les conseils de *personne*, alors. Je suppose qu'il aime se gargariser du son de sa propre voix quand il te parle et qu'il se sert de toi comme d'une sorte de confessionnal. »

Je me remis à marcher, lentement ; je me sentais le dos raide et douloureux.

« Tu sais, Kathy, dis-je d'une voix terriblement impersonnelle, s'il ne s'agissait pas de ton propre jumeau, je croirais que tu es jalouse.

— Moi, jalouse ? s'exclama-t-elle avec une intonation sincère. Ne sois pas stupide, Anny ! Bien sûr que je ne suis pas jalouse ! Premier point, je pense que tu te fourvoies complètement. Moi, ça ne me dirait rien de devenir si pote avec les garçons. Ça ne t'apportera qu'un tas d'ennuis, c'est tout. Et ce n'est sûrement pas comme ça que tu te feras inviter à la fête des secondes. »

Quelque chose se révolta en moi à cette remarque et c'est avec une froideur cassante que je rétorquai en glapissant presque :

« Puisque tu sais si bien t'y prendre avec les

garçons, Kathy O'Hara, comment se fait-il que tu sois tout juste capable de regarder Kurt Mauer avec des yeux de merlan frit ? Et comment se fait-il qu'il ne t'ait jamais invitée à sortir avec lui ? Hein ? Réponds donc à ça ! »

Nous avions atteint le perron d'entrée du lycée et Kathy se détourna de moi précipitamment pour franchir en courant les marches et le seuil. Mais j'avais eu le temps de la voir s'empourprer comme si je l'avais giflée, de voir ses yeux se remplir de larmes.

« Kathy, attends ! » commençai-je d'un ton navré, cherchant à la retenir, regrettant mes paroles inutilement cruelles.

Elle fit brusquement volte-face, ayant déjà recouvré son empire sur elle-même.

« Laisse tomber, dit-elle froidement. Oublie tout ce que je t'ai dit. J'essayais seulement de t'aider. Mais visiblement, tu es tout juste bonne à donner des conseils, pas à en recevoir. J'espère pour toi que tu sais ce que tu fais. »

Et, secouant la tête, elle s'éloigna.

Je gagnai les vestiaires du pas de la majesté offensée. Je n'aurais jamais cru qu'on pouvait trembler d'indignation, or je tremblais bel et bien de la tête aux pieds. « De rage, oui ! » pensai-je avec fureur. De quel droit Kathy O'Hara se permettait-elle de me dicter ma ligne de conduite ?

A la fin de la première heure, je m'étais tout

de même calmée et mes pensées commencèrent à suivre un cours différent. Il fallait admettre que Kathy avait abordé le sujet avec beaucoup d'hésitation, comme si elle craignait de me prendre à rebrousse-poil mais pensait qu'il était de son devoir de parler.

Par ailleurs, elle n'avait rien fait de pire que ce que je faisais moi-même tous ces derniers temps. Seulement voilà, moi je ne lui avais pas demandé son avis ! Mais comme elle me l'avait tout de même donné, il s'était gravé dans mon crâne et je ne pouvais m'empêcher de retourner sous toutes les coutures ce qu'elle m'avait dit. Cependant, je restais persuadée qu'elle avait tort.

Je ne tenais pas à ce que la gêne s'installe dans notre amitié, comme cela se produit généralement après une altercation qu'on n'essaie pas de tirer au clair. N'ayant pu voir Kathy à l'heure de la cantine, j'attendis à la sortie de la salle de théâtre après les cours, sachant qu'elle finirait tôt ou tard par se montrer pour assister aux répétitions.

Les élèves qui jouaient dans la pièce arrivaient au fur et à mesure et ceux qui me connaissaient me disaient salut avant d'entrer. Kathy tardait à arriver. Enfin, je l'aperçus au loin dans le couloir, avec Kurt Mauer. Elle riait de l'une de ses plaisanteries et ne me vit pas les observer.

Elle avait l'air d'être une tout autre personne.

Au lieu d'afficher son éternel sourire fendu jusqu'aux oreilles, Kathy souriait doucement. Quand elle riait, son sourire restait doux et léger. Et, pour une fois, elle avait l'air contente de laisser à quelqu'un d'autre le soin de mener la conversation. Elle-même ne parlait guère, juste quelques brefs commentaires du genre « formidable » ou « extra », apparemment.

Et vous savez quoi ? Kurt Mauer buvait littéralement ses paroles. Son regard bleu s'était éclairé. Et bien qu'il eût la réputation d'un type silencieux, il bavardait avec animation.

Comme ils se rapprochaient de l'endroit où j'étais postée, Kathy m'aperçut et son expression heureuse fit place à une sorte d'exaspération.

« Salut, Kathy, risquai-je prudemment. Je pourrais te parler juste une minute avant la répétition ? »

Kathy hésita, se mordillant la lèvre ; je voyais bien qu'elle n'avait qu'une envie : m'envoyer à tous les diables pour être tranquille avec Kurt. Mais ce n'était pas le genre de Kathy. De plus, j'aurais juré que notre dispute la tracassait autant que moi. Elle ne voulait pas pour autant me faire le plaisir de me le laisser savoir.

« Me parler ? A moi ? » s'étonna-t-elle d'un ton moqueur comme s'il y avait cinq ou six autres Kathy avec lesquelles on aurait pu la confondre.

Elle enregistra le regard inquisiteur de Kurt, haussa les épaules :

« Bon. Je te retrouve dans une minute, Kurt.

— Bien sûr, Kath. Je te garde une place », dit Kurt en m'adressant un léger signe de tête avant d'entrer dans la salle.

Kathy s'adossa au mur, près de la vitrine où le lycée expose les trophées scolaires et sportifs.

« Alors, qu'est-ce qu'il y a, Anny ?

— Je voulais m'excuser pour ce matin. Je sais que tu ne voulais pas être rosse... même si je pense que tu te trompes », ajoutai-je.

Je ne sais pourquoi, mais j'éprouvais le besoin de me justifier, de bien lui faire comprendre que je m'excusais parce que je tenais à son amitié et non parce que je lui donnais raison.

Mais Kathy était apparemment aussi désireuse que moi d'oublier cette dispute, car elle observa simplement :

« Oui, bon, je ne sais pas trop. Disons que tu permets à trop de garçons de profiter de toi.

— Mais pourquoi je ne pourrais pas être amie aussi bien avec les garçons qu'avec les filles ? demandai-je. Ce n'est pas parce que je ne flirte pas d'une manière éhontée comme Marcy Cummings que je suis forcément un garçon manqué ou assimilable à l'un des garçons !

— Les choses ne sont pas tout blanc ou tout noir, dit Kathy d'un ton sérieux. En tout cas, je ne crois pas. A mon avis, entre être "cette bonne vieille Anny" et une allumeuse, il doit y avoir un moyen terme.

— Quel moyen terme ? répliquai-je malgré moi d'un ton de défi. Rester suspendue bouche bée au moindre mot de Kurt Mauer ? »

Je me surprenais à réagir de nouveau avec insolence, en dépit de mes bonnes intentions. Mais, à mon étonnement, Kathy ne se mit pas en colère contre moi. Elle se contenta de sourire d'un air mystérieux.

« Oui ! Quelque chose comme ça ! assura-t-elle. Il y a une grande différence entre être féminine et être une allumeuse, et je ne crois pas que tu sois obligée de minauder et de racoler comme Marcy Cummings pour que les garçons se souviennent que tu es une fille. Et puis je crois aussi qu'on peut être copine avec eux sans être un pote, si tu vois ce que je veux dire.

— Non, pas du tout, fis-je avec obstination même si je saisissais parfaitement sa pensée.

— Eh bien, regarde Judy Carney ! insista Kathy. Tu crois franchement qu'elle aura une invitation à la fête des classes de seconde ? »

Je ne pouvais plus prétendre que je ne comprenais pas. Judy Carney avait toujours été le garçon manqué de la classe et, en septième et en sixième, toutes les filles avaient été jalouses d'elle parce qu'elle était constamment fourrée avec les garçons, jouant dans leur équipe de basket, partant avec eux en randonnée ou les suivant dans leurs expéditions de pêche.

Mais tout ça, c'était loin. Le hic, c'était que Judy n'avait pas changé. Elle venait encore au lycée en jean et en sweat-shirt, pas maquillée, les cheveux courts à la garçonne ; elle s'intéressait davantage aux scores de base-ball ou aux mystères des carburateurs qu'à la haute coiffure ou aux talons hauts. Quant aux garçons, ils n'avaient plus l'air de la trouver si extraordinaire. Ils la traitaient plutôt en ringarde.

« Je ne ressemble tout de même pas à Judy Carney ! protestai-je avec raideur. Tu es injuste, Kathy !

— Oh, *moi* je sais bien que tu ne lui ressembles pas. Mais *eux* ? Enfin, tu ne comprends pas ce que je veux dire ? Si les garçons commencent à te considérer comme l'un des leurs, ils finiront par oublier que tu es une nana. Tu n'auras jamais de rendez-vous avec eux.

— Ah ! parce que toi oui ? répliquai-je avec dépit, furieuse de la voir profiter de mes excuses pour recommencer à me faire la leçon.

— C'est déjà fait, si tu veux savoir, répondit-elle d'un ton plus amusé que piqué. Kurt vient justement de me demander d'aller avec lui à la fête. » Elle pouffa. « Il faut croire que mon attitude est la bonne, non ?

— Parfait, mais si tu permets, Kathy, j'aime

autant rester moi-même que d'essayer de te singer. »

Je ne pensais pas un mot de tout cela, je faillis même avouer à mon amie mes sentiments pour Tim. Mais je me contins. Si les choses ne tournaient pas comme prévu entre lui et moi, et si Kathy l'apprenait — surtout elle ! —, j'en mourrais de honte !

Kathy s'apprêta alors à entrer dans la salle de théâtre, indiquant d'un petit mouvement de tête qu'elle renonçait à me convaincre.

« A toi de faire ce que tu crois être le mieux », dit-elle. Elle ne paraissait pas du tout furieuse, plutôt résignée et déçue. « Mais tu es bien sûre d'être toi-même en ce moment ? Parce que si c'est ça, j'avoue que c'est un trait de ta personnalité que je ne connaissais pas. »

Là-dessus, elle me tourna le dos et rentra dans l'auditorium. Postée sur le seuil, je la regardai gagner d'une démarche assurée l'endroit où Kurt était assis. Il semblait écouter attentivement la moindre parole de Mme Philips, le metteur en scène, mais à la façon dont il tourna la tête pendant que Kathy descendait les gradins, je compris qu'il n'avait fait que l'attendre. Et le sourire chaleureux qu'il lui adressa lorsqu'elle s'installa près de lui me donna envie de pleurer. Le sourire de Kurt était plus parlant que tous les discours enflammés de Kathy. Il disait qu'elle était très féminine à ses yeux et qu'il avait très envie de la connaître plus intimement.

Je franchis tristement les marches qui me séparaient du vestiaire, pris mes affaires et mon manteau, pleine de ressentiment contre Kathy, tout en sachant que ce n'était pas réellement sa faute si ma journée était gâchée.

Pour une fois, je fus soulagée de constater que Tim ne m'attendait pas au-dehors ; il lui arrivait encore de se rendre à bicyclette au lycée et c'était apparemment le cas aujourd'hui. J'éprouvais le besoin de réfléchir. Mais réfléchir à quoi ? Je m'étais trouvée une nouvelle personnalité, il n'allait pas être facile d'en changer.

Et puis, tout au fond de mon cœur, je refusais de donner raison à Kathy. Je savais que Tim m'aimait bien mieux qu'avant. C'était vrai, réellement vrai. Et puisque nous étions déjà devenus amis, nous deviendrions forcément davantage l'un pour l'autre, ce n'était à mon avis qu'une question de temps.

Je chassai les propos de Kathy de mon esprit, me demandant au contraire quelle tenue choisir pour le bal, quand Tim m'y aurait invitée. Je me refusais à envisager l'hypothèse contraire. Après tout, il m'avait dit qu'il ne s'était jamais senti aussi à l'aise avec une autre fille. Alors, qui d'autre que moi aurait-il pu inviter ?

En arrivant à la maison, je m'étais si bien monté la tête que je bouillais d'excitation anticipée. J'avais hâte de voir la tête que feraient les autres filles, samedi soir, lorsque je ferais mon entrée au gymnase au bras de Tim O'Hara. On verrait alors, si Anny Wainwright ne savait pas s'y prendre pour séduire un garçon !

5

*L*orsque j'aperçus Tim en train de faire les cent pas dans l'entrée, le lendemain après-midi, je ne me sentis plus d'excitation. A la façon dont il faisait semblant de lire le panneau d'affichage tout en lorgnant discrètement du côté des couloirs, je compris qu'il attendait quelqu'un sans vouloir en avoir l'air. Et je ne pus m'empêcher d'espérer que ce serait moi.

« Oh, tiens ! Salut, Anny ! dit-il lorsque je fus pratiquement sous son nez comme s'il ne m'avait pas encore vue venir. Quoi de neuf ?

— Rien de spécial. Je rentrais chez moi, c'est tout. Tu vas à ton entraînement de basket ? »

Tim secoua la tête, faisant passer sa pile de bouquins d'une hanche sur l'autre :

« Non, pas aujourd'hui. »

Il ne dit rien de plus. Je restai debout, me sentant gauche et gênée pour parler, tout comme « la vieille Anny ». Juste au moment où je m'étais convaincue qu'il ne rentrerait pas avec moi, qu'il attendait quelqu'un d'autre, il s'éclaircit la gorge et demanda :

« Dis, Anny, tu aurais le temps de passer boire un Coca avec moi chez *Pop's* ? »

Quelle question !

« Oui, bien sûr, Tim. C'est super ! » lui répondis-je, n'essayant même plus de paraître indifférente.

Passer prendre un verre chez *Pop's* après les cours, ce n'était pas précisément un rendez-vous, mais c'était un début. « Mince, pensai-je, Kathy était vraiment mal venue de me faire ce laïus sur la façon de séduire les garçons ! »

Pendant que nous nous éloignions des dépendances du lycée, tournant à gauche pour aller à la pizzeria au lieu de s'engager tout droit dans Polk Street, Tim resta silencieux, apparemment préoccupé. « Je devine pourquoi », me disais-je, non sans un brin de vanité. Tim allait m'inviter à la fête, dès qu'on serait installé chez *Pop's*, je le sentais au plus profond de moi-même. Rien que d'y songer, je hâtai le pas, impatiente de lui entendre prononcer les mots tant attendus.

« Il commence à faire frisquet, hein ? grommela Tim pendant que nous approchions de la petite façade de briques de la pizzeria.

— Oui, c'est ce que ma mère appelle "un vrai temps d'automne".

— Comme s'il y avait un faux temps d'automne ! » plaisanta-t-il.

Bien entendu, je ris comme si c'était la réplique la plus drôle que j'eusse entendue de ma vie. Je débordais d'optimisme. « En ce moment, rien ne pourrait m'abattre », pensai-je pendant que Tim ouvrait la porte d'entrée de *Pop's* et s'effaçait pour me laisser passer.

Je m'assis en face de lui dans l'un des petits boxes pour deux, et humai voluptueusement l'atmosphère.

« Hmmm, ça sent toujours drôlement bon, ici, dis-je en identifiant un parfum de tomate mêlé à l'origan, à l'ail et au poivron.

— Tu veux manger un morceau ? proposa Tim.

— Oh, non, non, je n'ai pas faim, répondis-je précipitamment, gênée à l'idée qu'il aurait pu croire que je cherchais à me faire inviter. Je prends juste un Coca. »

Tim alla passer la commande au comptoir pendant que j'entrouvrais mon poudrier dans mon sac pour m'examiner dans le petit miroir. Mon fard à joues avait terni au cours de l'après-midi, mais l'air frais du dehors avait rosi mes joues et je me trouvai bonne mine.

« Est-ce que je dois proposer de payer mon Coca ? » me demandais-je pendant que Tim rapportait deux bouteilles. Je devais instinctivement chercher mon porte-monnaie dans mon sac, car il déclara en s'asseyant :

« Non, laisse, Anny. C'est pour moi.

— Merci, Tim », dis-je en espérant avoir bien pris le ton d'une fille qui a l'habitude de se faire offrir des Cocas par des garçons.

Je me mis aussitôt à boire pour ne pas être obligée d'entamer la conversation. Si Tim avait l'intention de m'inviter à la fête, je ne voulais pas dévier sur un autre sujet.

« J'aurais dû t'emmener ici depuis longtemps, déclara Tim en levant son verre à mon intention. Je te dois bien ça, tu m'as tellement aidé.

— Oh, écoute, Tim, ce n'était rien du tout », dis-je, brusquement intimidée parce qu'il avait à demi franchi le chemin qui nous séparait de la relation de deux personnes qui sortent ensemble.

Je levai les yeux sur lui et je sentis mon cœur fondre. Il était si mignon, avec ses yeux verts pétillants et son sourire en coin ! L'espace d'une seconde, je me demandai comment il réagirait si je tendais brusquement la main pour ramener en arrière la petite mèche brune qui glissait sur son front ou effleurer doucement les taches de rousseur sur l'arête de son nez.

Je dus sourire à l'absurdité de cette idée — je

n'aurais jamais eu le culot d'avoir un tel geste —
car la voix de Tim interrompit soudain ma rêve-
rie et je sursautai, l'air coupable.

« Pourquoi souris-tu ? demanda-t-il, amusé.

— Oh, je... je, je pensais que j'étais contente
d'avoir pu t'aider.

— Ecoute, pour être franc, j'ai encore quelque chose à te demander. » Tout à coup, Tim
parut nerveux, il fixait la surface de la table, tor-
tillant la nappe de papier avec ses doigts. « Tu
sais que c'est la fête des secondes, le prochain
week-end, articula-t-il lentement, en ramassant
avec soin les petits lambeaux de papier pour les
loger dans le cendrier.

— La fête des secondes ? Oh, oui, bien sûr ! »
J'osais à peine respirer. J'avais l'impression
d'être deux personnes à la fois : celle qui était
assise avec Tim, attendant une invitation au
bal ; et celle qui enregistrait toute la scène, gra-
vant dans son esprit chaque expression du
visage de Tim, chacun de ses mots, pour bien se
les rappeler plus tard.

« Eh bien, à ton avis, est-ce qu'un garçon peut
inviter une fille à y aller avec lui, même s'il n'est
pas très sûr de sa réponse ? »

Il n'osait toujours pas me regarder en face,
alors que je me sentais littéralement fondre de
tendresse. Rien ne me semblait plus adorable
que Tim en cet instant, alors qu'il s'efforçait de
deviner par allusions si je voulais bien sortir

avec lui, au lieu de me poser carrément la question.

Sa gaucherie me donna de l'assurance et j'allai même jusqu'à rire légèrement en répondant :

« Je crois que tu devrais faire les choses comme tu les sens. On ne peut jamais connaître d'avance les sentiments de quelqu'un.

— Mais, et si c'est une fille qui pourrait sûrement sortir avec n'importe quel garçon de la classe, si elle voulait ? demanda-t-il en me dévisageant, cette fois, l'air grave.

— Je suis sûre qu'elle te préférerait à tous les autres, Tim, dis-je doucement. Tu devrais l'inviter. »

Il me saisit la main et j'eus un élan de bonheur. Le moment était venu, il allait m'inviter !

Je le regardais intensément. Tim prit une profonde inspiration. Puis il repoussa devant lui son verre vide.

« Bon, d'accord, je lui téléphonerai dès que je serai rentré chez moi pour lui demander. Merci, Anny. Tu m'as vraiment aidé à prendre ma décision. »

Je sentis que je changeais de couleur.

« Demander à qui ? dis-je en espérant qu'il ne remarquerait pas l'affreux tremblement de ma voix.

— Ça alors, je ne t'ai même pas dit qui c'était, hein ? fit Tim avec un étrange sourire au coin des lèvres. Maintenant, j'aurai vraiment l'air d'un imbécile, si elle refuse. Je veux inviter Marcy Cummings. » Il soupira. « J'espère qu'elle n'a pas déjà un rendez-vous.

— Marcy ? Oh, Tim, elle... elle sera sûrement ravie d'y aller avec toi. »

Je pris les livres que j'avais expédiés sur la chaise à côté de moi pour qu'il ne puisse pas voir mon visage. Je savais que j'avais l'air affreusement déçue, je sentais des larmes de chagrin et d'humiliation me monter aux yeux. Il y avait vraiment de quoi se payer ma tête ! Dire que je venais de faire tout mon possible pour me faire inviter alors que Tim ne pensait pas du tout à moi ! Et il y avait tellement de filles avec lesquelles il aurait pu sortir. Eh bien, il fallait qu'il ait choisi cette mijaurée de Marcy Cummings ! Ah, j'en avais des choses à apprendre sur les garçons !

L'obligation de rentrer à la maison en compagnie de Tim après notre « rendez-vous » fut la pire des tortures. Je bavardai à tort et à travers, l'équipe de basket, le talent de Kathy et comme elle serait formidable dans *Our Town*, les nouveaux patins à glace que j'achèterais quand notre bon vieux lac aurait gelé... tout y passait, pour empêcher Tim de mentionner encore le nom de Marcy Cummings.

Et pourtant, malgré mon bavardage, c'était comme si je n'avais pas été là du tout. Quelque chose au fond de moi était mort et engourdi, désolé comme une rue vide au crépuscule.

Tim parut silencieux et préoccupé sur le chemin du retour, mais c'était peut-être parce que je parlais trop. Lorsque nous atteignîmes sa maison, je me sentais un peu mieux que lorsqu'il m'avais assené sa nouvelle chez *Pop's*. J'étais au bout du compte soulagée de me séparer de lui.

« Merci pour le conseil, Anny », dit Tim d'une voix sans timbre en arrivant à l'entrée de l'allée qui menait chez les O'Hara.

Il me donna une petite claque dans le dos, comme il l'avait déjà fait à plusieurs reprises, et cette fois, je fus stupéfaite d'avoir pu penser que ce geste avait un sens romantique caché.

« Tu es un vrai pote, ajouta-t-il.

— Merci, Tim », marmonnai-je.

Puis, réalisant l'accent lugubre de mon intonation, j'ajoutai avec une gaieté forcée :

« Et bonne chance pour la fête !

— On se reverra là-bas ! » me lança-t-il en remontant l'allée.

Tim croyait-il réellement que j'avais une invitation pour la fête ? me demandai-je misérablement en me traînant jusque chez moi. Si oui, c'était un bel imbécile.

La vérité des avertissements de Kathy résonnait avec fracas dans sa mémoire. J'avais été folle de croire, ne serait-ce qu'une minute, que Tim m'avait emmenée à la pizzeria dans l'intention de m'inviter au bal. Et je savais aussi que j'avais à peu près autant de chances d'être invitée par un autre garçon que de devenir reine d'Angleterre.

Dire que je m'étais pendant tout ce temps félicitée de mon astuce sans jamais soupçonner que je jouais une partie perdue d'avance ! Tim m'avait appelée « un vrai pote » et je ne commençais à comprendre que trop clairement qu'on n'invitait pas les « potes » à un bal.

Mais pourquoi y invitait-on des mijaurées comme Marcy Cummings ? C'était ce que je ne m'expliquais pas. Je n'éprouvais aucun ressentiment à voir Kathy sortir avec Kurt : après tout, c'était une fille sincère et spontanée. Mais cette bluffeuse de Marcy ! Qu'avait-elle donc à apporter à quelqu'un ? Pourquoi Tim la préférait-il à moi ? Quelle erreur avais-je donc commise pour recevoir une telle douche froide ?

Je redressai les épaules et le menton en m'engageant dans l'allée qui conduisait chez moi. Si Tim en pinçait pour cette évaporée de Marcy Cummings, c'était sûrement tant mieux qu'on ne sorte pas ensemble. Un garçon qui se laissait séduire par Marcy n'aurait jamais rien en commun avec moi.

En tout cas, si les façons d'agir de Marcy étaient la seule méthode pour attirer l'attention des garçons, songeais-je en montant dans ma chambre, je faisais vœu de ne jamais accepter de rendez-vous de ma vie et d'en tirer gloire.

C'était là ce que je me racontais. Mais je n'éprouvais aucune fierté, non. Ni aucune joie. Je me sentais jalouse, mauvaise, envieuse et profondément blessée. Je n'avais jamais aimé Marcy, mais désormais, je la détestais de toutes mes forces. Oui, je la détestais, parce que malgré tout ce qu'elle était, Tim O'Hara ne la considérait pas comme « un pote ». Et si j'avais pu changer de place avec elle ne serait-ce que quelques jours, j'aurais aussitôt sauté sur l'occasion.

6

*J*e ne sais pas comment papa et maman firent pour supporter ma présence à dîner ce soir-là. Je bénissais le ciel que mes parents ne soient pas bavards, on remarquait moins mon silence. J'avalai sans conviction mon poulet au riz, picorant plutôt qu'autre chose, et je ne finis pas mon dessert.

« Tu n'as pas pris froid, ma chérie ? » demanda maman lorsque je délaissai ma part de gâteau à peine entamée. Elle me tâta doucement le front, puis retira sa main en secouant la tête : « Non, on ne dirait pas que tu as de la fièvre.

— Je vais très bien. J'ai juste un peu trop mangé à midi. »

Maman eut un bref geste entendu, comme si l'explication suffisait.

« Je crois que tu devras te charger toute seule de la vaisselle ce soir, Anny, dit-elle en changeant de sujet. Nous avons promis à tante Maude de passer la voir, ton père et moi, et je sais que tu t'ennuies mortellement chez elle. »

J'acquiesçai : « Oui, pas de problème. » Je me sentais tellement abandonnée que j'aimais encore mieux rester tranquille à la maison.

« Dieu sait que j'aurais eu bien du mal à supporter tante Maude, ce soir », songeais-je en rinçant les assiettes avant de les mettre au lave-vaisselle. Tante Maude n'était pas réellement ma tante. C'était une lointaine parente de papa, il avait passé beaucoup de temps en sa compagnie en grandissant, parce que tante Maude, qui ne s'était jamais mariée, vivait dans leur maison.

Je ne m'étais jamais sentie très à l'aise avec elle. Elle était très vieille et ressemblait si fort à une momie que j'avais l'impression qu'elle datait de l'ère glaciaire. Et puis elle paraissait ne pas savoir quelle attitude adopter avec moi. Elle nous traitait, maman et moi, comme si nous avions le même âge. J'imagine que pour elle nous étions dans le camp des « jeunes » et qu'elle ne nous différenciait pas.

Ce soir-là, achevant de débarrasser la table de la salle à manger, j'éprouvai plus de peine que d'habitude pour elle. Une larme glissa même sur ma joue alors que je me demandais si autrefois, lorsqu'elle était jeune fille, les garçons l'avaient considérée elle aussi comme « un pote ».

Le téléphone sonna, m'arrachant à mes idées noires, et je ne pus m'empêcher de sourire de moi-même en allant répondre. Quinze ans, c'était tout de même diablement jeune pour être considérée comme une vieille fille ! Je devenais aussi mélodramatique que Kathy, ma parole !

« Oh, tiens, c'est toi, Kathy ! Bonsoir », dis-je en m'affalant sur une chaise de cuisine.

J'espérais qu'elle ne téléphonait pas pour se faire pardonner la façon dont elle m'avait annoncé son invitation pour la fête. Je ne la blâmais pas de l'avoir fait ainsi. Je voyais maintenant qu'elle avait eu raison et qu'elle n'avait parlé que pour mon bien.

« Tu es occupée ? demanda-t-elle.

— Oui, assez. Papa et maman sont sortis et j'ai une bonne pile de vaisselle qui m'attend, dis-je, bien que les assiettes fussent déjà logées dans le lave-vaisselle. Mais je peux quand même parler un peu. Alors, comment a marché la répétition aujourd'hui ?

— Oh, bien. Je crois que ce sera un très bon spectacle. Mais j'aurais bien aimé qu'ils n'aient pas programmé la représentation si peu de temps après la fête. Certaines filles n'arrivent même plus à se concentrer sur leur texte tellement elles pensent à leur soirée. » Kathy prit un ton écœuré. « On dirait qu'elles n'ont jamais eu de rendez-vous de leur vie, ma parole !

« *Comme moi, pensai-je. Sans compter que je n'en aurai peut-être jamais.* »

— La semaine prochaine, tout sera fini. Après, tout le monde retrouvera ses esprits.

— Oui, tout le monde, sauf Marcy Cummings », observa Kathy d'un ton mordant.

Je me recroquevillai sur mon siège. S'il y avait un nom que je n'avais aucune envie d'entendre prononcer, c'était bien celui-là ! J'en restai muette, mais Kathy n'attendait pas mes commentaires pour poursuivre.

« A la voir faire, ces derniers temps, on dirait que c'est elle qui tient le rôle d'Emily, et pas qu'elle est la doublure. Je t'assure que je ne serais pas étonnée d'apprendre qu'elle a empoisonné Janice Larson pour pouvoir monter sur scène à sa place.

— Oh, écoute, Kathy, elle n'est tout de même pas si vache, assurai-je sans pouvoir dominer un accent de satisfaction, ravie de constater que mon amie détestait Marcy autant que moi.

— Bon, peut-être pas mais quelquefois, elle m'écœure. Et puis tiens-toi bien, pour couronner le tout, il est arrivé un truc épouvantable !

— Quoi ? Qu'est-ce qui s'est passé ? » demandai-je aussitôt, impatiente de changer de sujet.

J'aurais dû savoir un peu mieux à quoi m'en

tenir. Kathy baissa la voix, comme si elle voulait s'assurer que personne ne pourrait l'entendre.

« Je sais que c'est dur à croire, mais mon imbécile de frère vient de m'apprendre qu'il l'a invitée à la fête. Incroyable, non ? Franchement, le pauvre garçon manque vraiment de goût. D'ailleurs, je lui ai déjà dit qu'il ne fallait pas compter sur Kurt et moi pour qu'on y aille tous les quatre ensemble.

— Tu... tu veux dire qu'elle a accepté ?

— Et comment ! Tu sais, je savais que Marcy mourait d'envie de sortir avec Tim. Ou avec n'importe quel garçon de l'équipe d'ailleurs. Mais je croyais tout de même que mon frangin ne serait pas stupide au point de s'enticher d'une fille pareille.

— Tim aime peut-être les filles tout miel et tout sucre, suggérai-je d'un ton léger.

— Tu plaisantes ! rétorqua Kathy avec dédain. De la saccharine, oui ! Ecoute, Anny, tu sais aussi bien que moi que Marcy Cummings est aussi caressante qu'un serpent à sonnettes. Et puis justement, je sais bien que je t'ai fait la leçon parce que tu donnais des conseils aux garçons, mais enfin... j'ai pensé que tu pourrais peut-être parler à Tim. Il a l'air de respecter ton opinion. Si tu essayais de lui expliquer que Marcy n'est qu'une vipère, il t'écouterait, toi. Je ne tiens pas à le voir s'acoquiner avec une fille comme ça, tu comprends. D'accord, on se dispute beaucoup, mais c'est quand même mon frère jumeau. Ça m'horripilerait de la voir jeter le grappin sur lui. »

Je restai quelques instants sans rien dire, essayant sincèrement de sonder mes sentiments à ce sujet. Il me semblait que si j'essayais de séparer Tim de Marcy, cela ne ferait qu'aggraver la situation. Donner des conseils, c'était une chose. Mais critiquer... c'était tout différent.

« Non, c'est impossible, Kathy, dis-je.

— Mais pourquoi ? protesta mon amie.

— D'abord, parce que ça ne me regarde pas. Ensuite, parce que si Marcy plaît à Tim, rien de ce que je pourrai dire n'y changera rien. Et puis... Ne le dis à personne, surtout, mais je... j'aime beaucoup Tim, Kathy, et ce ne serait pas très poli d'essayer de le détacher de Marcy alors que j'ai moi-même envie de sortir avec lui.

— Anny, tu ne m'avais jamais dit...

— Je sais, dis-je précipitamment en lui coupant la parole. Je ne vois vraiment pas comment m'en sortir. »

Je l'entendis pousser un soupir.

« Moi non plus, dit-elle enfin. Mais on accorde peut-être trop d'importance à cette histoire. Enfin quoi, au bout du premier rendez-vous, Tim se rendra bien compte que ce n'est qu'une peau de vache sous ses petits airs doucereux. »

Brusquement, je sentis que j'allais me mettre

à hurler. Je ne supportais plus d'entendre parler de Tim et de Marcy.

« Ecoute, je dois y aller, fis-je. A propos, tu ne voudrais pas m'accompagner au marché aux puces du parvis, samedi prochain ? Maman dit que c'est pas mal en principe et qu'il y aura plein de disques et de bouquins, de la bouffe... tout un tas de trucs.

— Oui, volontiers ! J'ai un peu de ronds de côté. Mais je ne pourrai pas rester longtemps. Tu sais, à cause de la fête et tout.

— Oh, oui, évidemment, dis-je sans pouvoir réprimer une intonation légèrement sarcastique, il te faut beaucoup de temps pour te bichonner. »

Je crois que Kathy était si excitée à l'idée d'aller à la fête avec Kurt qu'elle n'avait guère songé au fait que personne ne m'y avait invitée. Je devinais maintenant à sa respiration entrecoupée qu'elle venait brusquement de s'en rendre compte.

« Ne t'en fais pas, va. On t'invitera sûrement d'ici là.

— Je me moque pas mal d'aller à ce minable petit bal des classes de seconde ! Ce n'est tout de même pas comme si c'était la grande fête de fin d'année, Kathy. »

Cette phrase résonna si stupidement à mes propres oreilles que je m'empressai de raccrocher le plus vite possible.

« Ecoute, il faut que j'y aille cette fois. On se reparlera plus tard. »

Après avoir reposé le récepteur, je passai ma colère en faisant claquer les portes des placards dans la cuisine et en rabattant si brutalement la portière du lave-vaisselle que j'eus peur d'avoir cassé les assiettes. S'il y avait une chose dont je me serais volontiers passée, c'était que ma meilleure amie ait pitié de moi ! Je n'avais personne pour aller à la fête des secondes, et après ? Tous les autres garçons étaient sûrement persuadés que j'irais avec Tim. Après tout, ils nous avaient assez souvent vus ensemble. Sinon, ils m'auraient invitée. Et puis si Marcy Cummings était l'idée que Tim O'Hara se faisait de la petite amie idéale, j'aimais encore mieux devenir vieille fille comme tante Maude !

J'étais de si mauvaise humeur que je n'étais même pas capable de regarder la télévision. Je n'avais pas non plus envie de voir maman et papa quand ils rentreraient, pas dans un tel état de fureur. Je me précipitai donc dans ma chambre et, assise en tailleur sur le sol, j'entrepris de ranger mes étagères de livres et de disques. Je sentais que j'avais besoin de canaliser mon énergie et de m'occuper à quelque chose d'utile. Si je m'étais laissée aller, je crois bien que j'aurais tout cassé dans la pièce.

Le samedi venu, j'avais presque fini par me persuader que cette fête n'avait aucune importance. J'avais si bien repoussé cette pensée dans un recoin de mon esprit que je passai un très bon moment avec Kathy au marché aux puces. C'était comme au bon vieux temps, quand nous sortions ensemble et que nous n'avions pas encore commencé à nous préoccuper des garçons et des rendez-vous. On flâna toutes les deux de stand en stand sur le grand parvis de l'église, essayant de vieux chapeaux et remuant les piles de vieux albums, de livres et de revues.

Nous partîmes en emportant des trésors : j'avais déniché deux anciens albums des Beatles que j'avais très envie d'avoir et une lampe à abat-jour brodé pour ma table de chevet. Kathy avait mis la main sur un vieux boa de plumes roses, en déclarant :

« Il jure horriblement avec mes cheveux roux et il entame drôlement mes économies, mais ça m'est égal, je le veux ! Tu me vois dans la soirée, traînant mon boa derrière moi ! Je serai tellement vamp que je m'en étonnerai moi-même ! »

Je retrouvais avec joie l'ancienne Kathy, celle qui vivait dans ses rêves de gloire à Broadway au lieu de se pendre amoureusement au cou de Kurt Mauer. Pendant que nous étions blotties l'une contre l'autre dans le bus glacial, je ne pus m'empêcher de regretter que nous ayons grandi. La vie était à coup sûr bien plus simple à l'époque où nous allions encore à l'école primaire.

Mais ce fut seulement après le repas que je

commençai pour de bon à avoir des idées noires. Je n'avais pas d'appétit, bien que je n'eusse rien avalé de la journée, excepté un sandwich et un Coca au marché aux puces, et je quittai la table en laissant ma tranche de rôti et ma purée presque intactes.

« Tu ne vas pas au cinéma ou autre chose avec Kathy, ce soir, Anny ? s'enquit maman lorsque je demandai la permission de me retirer.

— Non, pas ce soir. Elle répète sa pièce. »

Lorsque je fus bien à l'abri dans ma chambre, je me demandai sans indulgence pourquoi j'avais menti à ma mère. Mais je connaissais la réponse, bien sûr. Je ne voulais pas que mes parents sachent qu'il y avait une fête au lycée et que je n'y étais pas invitée. Et je n'avais pas non plus très envie de me l'avouer à moi-même.

Papa et maman devaient trouver bizarre qu'aucun garçon ne vienne jamais à la maison. Je savais, d'après les albums de photographies familiaux que j'avais feuilletés, que maman avait été très courtisée quand elle avait mon âge. Il y avait beaucoup de photos d'elle. A l'exception de ses drôles de jupes des années cinquante et ses longues robes à traîne, elle n'était pas très différente de ce qu'elle était aujourd'hui et, sur de nombreux clichés, des garçons en chandail à col ras et costume de toile se tenaient à ses côtés.

S'il était arrivé à maman de se demander pourquoi je n'étais pas une championne de popularité, elle avait gardé ses réflexions pour elle. Peut-être s'était-elle imaginé comme moi que j'étais un bourgeon à l'éclosion tardive et que je me transformerais en fille courtisée des garçons aussitôt que j'aurais cessé d'être le « gros bébé ». Mais est-ce qu'elle s'étonnait de ce qu'aucun garçon ne m'appelle jamais au téléphone maintenant que j'étais devenue mince ?

Je pensai que Marcy Cummings était mince elle aussi.

Et cette pensée s'insinua dans mon esprit comme si elle m'avait été soufflée par le diable en personne. Dès que je me fus mise à songer à Marcy, son image ne me quitta plus. Affalée sur les oreillers que j'avais calés contre la tête de lit, j'essayai de me concentrer sur d'autres souvenirs, mais je ne voyais plus qu'une seule chose : Marcy Cummings tournoyant dans le gymnase au bras de Tim O'Hara, renversant la tête pour le contempler en écarquillant les yeux de la façon affectée qui était la sienne, pouffant de rire, minaudant et chuchotant au creux de son oreille de la voix susurrante qu'elle ne prenait que pour s'adresser aux garçons.

« Je ne voudrais pas être comme elle ! songeai-je. Non, pour rien au monde ! Même si je dois ne jamais avoir un seul rendez-vous de toute ma vie ! Oui, mais Kathy voit peut-être plus juste que je ne veux l'admettre, m'objectai-je à contrecœur. Je ferais mieux de me taire à partir de maintenant, et d'arrêter d'aider les garçons à débrouiller leurs problèmes. » En effet, à quoi cela me servait-il, puisque je me retrouvais malheureuse et blessée ?

Je résolus que j'allais ignorer, désormais, Tim O'Hara et ses petits problèmes. S'il voulait bavarder, on pouvait parler de moi ; ou de la classe, ou du sport, ou du cinéma. « S'il a encore un ennui, il n'aura qu'à aller s'adresser à l'orientateur scolaire ! » lançai-je à haute voix.

Mais cela ne me soulagea guère. Comment aurais-je pu être heureuse, ne serait-ce qu'un tout petit peu, alors que presque tous les autres élèves de seconde s'amusaient comme des fous à la fête du lycée de Castle Heights ?

Je pris un bain chaud prolongé, empruntant à maman son huile de bain favorite. Puis j'enfilai ma robe de chambre et mon pyjama et descendis dans la cuisine sur la pointe des pieds. Je ne voulais surtout pas que papa et maman me surprennent.

Le cœur battant comme une criminelle, je pris un grand bol de glace au chocolat, empilai des biscuits sur une assiette, et emportai le tout dans ma chambre pour noyer mon chagrin.

Mais cet accès de gourmandise ne me remonta pas davantage le moral. Je me couchai dans une humeur plus noire encore, sachant parfaitement que si je commençais à me consoler en grignotant en cachette, je ne tarderais pas à redevenir grosse comme une outre. Et après ça, j'aurais encore moins de chances de me trouver un petit ami — même si j'apprenais toutes les ruses et toutes les coquetteries de Marcy Cummings !

7

*L*es examens de la mi-
trimestre commençaient un peu plus d'une
semaine après la fête, je n'eus donc guère le
temps de broyer du noir. J'étais trop occupée à
réviser et à rédiger des dossiers pour me demander ce qu'il en était de Tim et de Marcy, bien
qu'il parût évident qu'ils sortaient maintenant
ensemble, à en juger par le nombre de fois où je
les avais aperçus côte à côte dans les couloirs.

Lorsque je regarde en arrière aujourd'hui, je
réalise combien j'étais déprimée alors ; mais à
l'époque, je m'efforçais de l'ignorer : je redoutais que mes préoccupations au sujet des garçons en général et de Tim en particulier nuisent
à mes résultats scolaires.

Je ne me sentais pas particulièrement boule-versée lorsque j'apercevais Tim et Marcy ensemble parce que j'avais plus ou moins abandonné la partie. Si Marcy était l'idéal féminin de Tim, je n'aurais jamais la moindre chance auprès de lui. Il me semblait déjà beau d'être son amie.

Le seul événement vivant et un peu gai, au cours de cette période, ce fut la représentation de la pièce. Marcy était l'une des doublures, elle dut donc se tenir dans les coulisses pendant la durée du spectacle — priant à coup sûr pour que « Emily » se casse une jambe avant la fin du dernier acte afin qu'elle puisse, même éphémèrement, jouer les stars dans *Our Town*. Ma seule consolation fut de pouvoir ainsi éviter de la voir blottie contre Tim, assis avec ses parents deux rangs en avant de l'endroit où j'étais installée avec Carole Deutsch.

Kathy fut sensationnelle, comme toujours. Alors que nous partions rejoindre d'autres jeunes chez *Pop's*, Carole et moi, nous nous heurtâmes justement à elle dans le hall. Elle avait les yeux brillants et s'était déjà changée pour la soirée. Elle était vraiment chic, presque vamp, dans une très jolie robe bleu acier, son cher boa dansant sur ses épaules.

« Tu étais formidable, Kathy », dis-je en la serrant contre moi pour la féliciter.

Elle pouffa de rire.

« Et qu'est-ce que tu dis de ma tenue de soirée ? plaisanta-t-elle.

— Ce boa est super ! s'enthousiasma Carole. Où l'as-tu déniché ?

— Oh, dans une petite boutique très, très chic. » Elle m'adressa un clin d'œil. « Heureusement que mes cheveux sont teints en blanc pour le rôle de la grand-mère ! Sinon, avec ce rose ! Vous en seriez aveugles toutes les deux ! »

Elle tendit le cou, scrutant la petite foule qui était encore massée devant la salle.

« Il faut que je me sauve voir papa et maman avant la soirée, dit-elle. Vous passez chez nous d'ici une heure environ ? Maman a fait un gâteau et il y aura un buffet avec du punch et des petits fours.

— Ça m'a l'air tentant ! dit Carole en se tournant vers moi. Qu'est-ce que tu en penses, Anny ? »

Je bâillai.

« Oh, non, merci, je ne crois pas que je viendrai, dis-je, me sentant tout à coup vidée de toute énergie. Je m'endors déjà à moitié. C'est sûrement le contrecoup des révisions. Mais je t'accompagne en sortant de chez *Pop's*, Carole. C'est sur mon chemin pour rentrer.

— Anny ! Viens, j'insiste ! » dit Kathy d'un ton appuyé.

Je me forçai à bâiller de nouveau, avant de lui adresser un sourire.

« Non, non, merci, je t'assure, dis-je en enchaînant précipitamment. Tu étais vraiment sensationnelle. Amuse-toi bien à la soirée. Et dis à Kurt que je l'ai trouvé merveilleux lui aussi. »

Je m'applaudis intérieurement de ma petite ruse. J'étais sûre que la seule mention du nom de Kurt suffirait pour que Kathy oublie mon refus.

« N'est-ce pas ? s'écria-t-elle aussitôt. Mais la prochaine fois, je trouve qu'on devrait lui donner le premier rôle. Franchement, il est bien trop beau pour qu'on le maquille en vieillard », acheva-t-elle avec conviction.

Et sur un rapide : « J'espère que tu changeras d'avis pour tout à l'heure », elle s'éloigna rapidement. Carole et moi nous nous rendîmes chez *Pop's* à la suite d'une longue procession d'élèves qui allaient s'y régaler d'une pizza.

« Tu es bien sûre que tu ne veux pas passer chez les O'Hara, Anny ? Ne serait-ce qu'un petit moment ? » me demanda Carole lorsque nous sortîmes, environ une heure plus tard.

Je secouai fermement la tête.

« Non, je ne peux pas. Je suis si fatiguée que j'ennuierais tout le monde. J'ai hâte de rentrer me mettre au lit. »

Ce ne fut qu'après avoir dit au revoir à Carole et continué ma route vers la maison que je m'avouai la véritable raison de mon refus : je ne pouvais tout simplement pas supporter l'idée de voir Tim et Marcy ensemble, de le voir la couver des yeux comme je mourais d'envie de l'être par lui.

Et puis, quelques jours plus tard, je dus affronter une situation délicate et plutôt embarrassante. Je n'avais guère bavardé avec Tim depuis le jour où il m'avait invitée chez *Pop's* et, sans savoir pourquoi, je croyais qu'il ne me demanderait plus jamais de l'aider. Aussi, lorsque je le vis ce jour-là rôder devant l'entrée du réfectoire, je ne pensai à rien de ce genre. Je le trouvais tout simplement bien beau dans son jean de velours et son chandail vert qui mettait en valeur la couleur de ses yeux et faisait paraître ses cheveux encore plus noirs. J'en avais des battements de cœur, mais je gardai mon sang-froid. De toute façon, il était sûrement en train d'attendre Marcy.

« Salut, Tim », dis-je avec calme en poussant les doubles battants.

A ma grande surprise, Tim me saisit par le bras pour me stopper dans ma marche.

« Anny, attends, tu dois retrouver quel-qu'un ? »

Je le dévisageai d'un air étonné.

« Euh, non, pas spécialement, répondis-je en me demandant où il voulait en venir. Pourquoi ?

— Tu ne voudrais pas venir chez *Pop's* prendre un double sandwich avec moi ?

— Chez *Pop's* ? » m'écriai-je d'une voix qui s'éraillait.

Vous comprenez, nous avions le droit de quitter le campus à midi, mais il n'y avait guère que les terminales qui tiraient parti de cet avantage.

« Bien sûr, pourquoi pas ? On peut aller là-bas, manger et revenir en une heure, si on fait vite, dit Tim en me décochant son irrésistible sourire, mi-timide, mi-effronté. Je t'invite. »

Une petite voix (ma fierté peut-être ?) me murmurait : « Dis-lui non. » Mais l'envie d'être avec Tim, d'être assise à la même table que lui et de lui parler, était la plus forte. Comme si un ventriloque avait parlé à ma place, je m'entendis répondre :

« D'accord. Juste le temps de prendre mon manteau. »

Lorsque je retrouvai Tim devant la sortie, quelques instants plus tard, il s'était lui aussi emmitouflé contre le vent de novembre. Nous nous hâtâmes, tête baissée sous la morsure de l'air froid qui nous picotait les joues et nous mettait les larmes aux yeux.

« M'est avis qu'il va neiger pour *Thanksgiving*, prédit Tim.

— Je n'ai plus qu'à sortir tous mes pulls de la naphtaline », commentai-je sans dépouiller mon calme apparent — alors que j'avais envie de lui demander : « Tim, s'il te plaît, dis-moi en quoi je me suis trompée ! »

Nous tournâmes à l'angle d'une rue et une rafale de vent nous assaillit avec tant de violence que je suffoquai. Nous restâmes silencieux ensuite. Nous ne pensions qu'à gagner le petit intérieur bien chauffé de la pizzeria le plus vite possible.

Mais malgré le froid, je me sentais toute ravigotée au fond de moi. Même le ciel de plomb ne pouvait abattre mon moral : j'étais avec Tim.

Nous parlâmes peu pendant que Tim partageait en deux l'énorme boule de viande et puis nous mangeâmes goulûment, riant de voir la sauce tomate couler sur la table. J'aurais voulu que ce moment ne finisse jamais, mais il le fallait bien pourtant. Et je n'oubliais ni que Tim avait une raison de m'inviter, ni que ce n'était sûrement pas celle que j'espérais.

Finalement, à ma grande consternation, il aborda le sujet que je redoutais le plus.

« Tu dois savoir que je suis allé à la fête des secondes avec Marcy, j'imagine, dit-il avec décontraction, loin de se douter, bien sûr, que je n'avais pratiquement pensé à rien d'autre depuis lors.

— Tu t'es bien amusé ? demandai-je avec raideur.

— Oui, bien sûr, c'était formidable ! » assura-t-il précipitamment.

Je trouvai qu'il avait l'air un peu trop enthousiaste. « Je mets ma tête à couper que Marcy a flirté avec tous les garçons », songeai-je en mon for intérieur. Et je me contentai de sourire, espérant que Tim ne s'apercevrait pas que j'étais jalouse et que je souffrais.

« Je pensais t'y voir, d'ailleurs », dit Tim en haussant curieusement les sourcils et en me fixant de ses grands yeux verts comme s'il attendait un commentaire de ma part.

Que voulait-il donc que je dise ? Que j'avais espéré m'y rendre en sa compagnie et que ni lui ni personne ne m'y avait invitée ?

« Oh, bof, j'avais quelque chose à faire, répondis-je faiblement.

— Qu'est-ce que tu penses de Marcy, Anny ? me demanda Tim à brûle-pourpoint. Je veux dire, tu la connais depuis longtemps et tout, non ? »

Je restai sans voix. Pourquoi, mon Dieu, Tim me demandait-il mon avis sur cette faux jeton ? J'ouvris la bouche, prête à dire que je ne pouvais pas la supporter, puis me ravisai aussitôt. Si Tim tenait réellement à Marcy, et si je lui disais du mal d'elle, je serais à coup sûr la perdante. Il croirait que j'étais jalouse. (Bon, je l'admets, j'étais jalouse, et je me trahirais sans doute si je me mettais à critiquer Marcy.)

Je me débattis un instant avec ces pensées puis, finalement, me renversant légèrement sur mon siège, je déclarai d'un ton aussi neutre que possible :

« Je suppose qu'elle est très bien. Tu sais, on n'a jamais vraiment fréquenté les mêmes amis.

— Oui, elle m'a expliqué qu'elle a toujours été plutôt mûre pour son âge. »

Tim fit cette remarque comme s'il y avait de quoi applaudir, comme si Marcy avait reçu le prix Nobel. Mûre pour son âge ! Si mûre voulait dire poseuse, affectée, cancanière et faux jeton, alors oui, Marcy l'était sans aucun doute ! J'étais trop furieuse pour réagir et effrayée à l'idée que les horribles choses que je pensais puissent sortir malgré moi de ma bouche. Je gardai le silence, me contentant de hausser les épaules.

« Mais c'est une fille extra, quand on la connaît bien, poursuivit Tim, devinant peut-être que Marcy était loin d'être de mes favorites. On a du mal à croire qu'elle est timide, hein ? Elle m'a dit que quelquefois elle a si peur des gens qu'elle n'arrive même plus à parler. »

Je faillis m'étrangler en buvant mon verre. Marcy Cummings, timide ! Aussi timide qu'un nid de frelons, oui ! Je devinais ce qu'elle avait dit à Tim : qu'elle était renfermée, fragile, et qu'elle avait besoin d'un garçon grand et fort pour la protéger. C'était écœurant, tiens !

« Tu comprends, Anny, elle m'a dit ça pour m'expliquer qu'elle ne veut pas se lier tout de suite à un seul garçon, pour guérir de sa timidité. »

Je dressai l'oreille à cette information, non

sans éprouver aussitôt un sentiment de culpabilité, car Tim avait l'air malheureux.

« Elle dit que ce n'est pas juste de ma part de lui demander de ne plus sortir avec les autres garçons sous prétexte qu'on est ensemble, reprit Tim. Mais tu comprends, le badinage, ce n'est pas mon genre. »

Il soupira, passant la main dans ses cheveux d'un air si désemparé que j'eus envie de le serrer contre moi pour le réconforter et lui dire que tout irait bien. C'est alors qu'il ajouta :

« Ce qui fait que je me demandais... qu'est-ce que je devrais faire à ton avis, Anny ? Tu m'as toujours donné de si bons conseils. »

Sur le coup, j'en restai sans voix. Tout me semblait si étrange que j'avais l'impression d'être dans un rêve — ou dans un cauchemar, plutôt. Je me disais que j'allais me réveiller d'une minute à l'autre, que je n'étais pas réellement assise chez *Pop's* en face de Tim qui attendait que je lui dise quoi faire au sujet de Marcy.

Le plus dur, c'était qu'il m'était impossible de lui avouer ma véritable pensée. Je gagnai donc du temps en sirotant lentement mon *ginger ale*, me demandant ce que je pourrais bien dire pour que Tim ne me déteste pas pour toujours. Finalement, je murmurai :

« Tu n'as qu'à faire ce qui te paraît le mieux, Tim. »

Puis, espérant qu'il comprendrait l'allusion, je saisis mon manteau et me levai.

« Tu as vu l'heure ? m'exclamai-je. On ferait mieux de se dépêcher, sinon on va être en retard au cours. »

Mais Tim n'abandonna pas la partie. Il y avait trop de vent et il faisait trop froid, dehors pour parler pendant que nous nous hâtions vers le lycée, mais dès que nous fûmes dans le hall d'entrée, Tim se tourna vers moi et demanda comme si nous n'avions jamais interrompu notre conversation :

« Alors, tu penses que je devrais être patient avec Marcy et que je ne dois pas la forcer à ne sortir qu'avec moi ? »

Je me résignai à hocher la tête.

« Bien sûr, Tim, dis-je. Aucune fille n'aime qu'on la bouscule, tu sais. »

Tim me serra la main si fort que j'en eus mal.

« Tu es une perle ! assura-t-il. Je ne sais pas ce que je deviendrais sans toi, Anny !

— Merci pour le repas », parvins-je à murmurer en m'éloignant vers mon vestiaire.

Tim ne saurait jamais que le repas pesait aussi lourd dans mon estomac qu'une balle de plomb. Devant lui, j'affichais un grand sourire, refusant de laisser paraître mes sentiments réels. Mais toute la colère que j'avais amassée remontait malgré moi à la surface et après avoir suspendu mon écharpe et mon manteau et repris mes affaires, je claquai si brutalement la porte de mon casier que tout le monde se retourna pour me dévisager.

« Mais qu'est-ce que j'ai ? Qu'est-ce qui ne va pas chez moi ? » me demandais-je misérablement. J'étais encore allée trop loin et je n'avais fait qu'empirer les choses ! La dernière chose au monde que je souhaitais, c'était de voir Tim se lier davantage à Marcy. Mais j'étais prisonnière de mon propre rôle. J'avais habitué Tim à lui donner de si ˜bonš conseils qu'il me faisait confiance et était devenu dépendant de moi. Et je savais que je ne pourrais jamais lui confier mon opinion véritable au sujet de Marcy sans révéler les sentiments que j'éprouvais pour lui.

Je traversai le reste de l'après-midi comme une somnambule, furieuse contre moi-même et furieuse contre Tim. Je le blâmais de s'être laissé séduire par une fille aussi fausse et je me blâmais de ne pas être capable de dépouiller le rôle de la˜ chère vieille Annỹ et de lui parler franchement.

Mais j'étais vraiment dans le pétrin. J'étais incapable de renoncer à voir Tim. Et, tout en ayant horreur de devoir l'admettre, je savais bien que j'avais peur de le voir se désintéresser de moi dès que je ne serais plus susceptible de l'aider. Alors, aussi terrible que ce fût, j'aimais encore mieux le voir me demander conseil que de ne plus le voir du tout.

8

*L*es semaines qui suivi-
rent furent intolérables. Même l'énorme dinde
et le délicieux gâteau au potiron que maman
confectionna pour *Thanksgiving* ne réussirent
pas à me remonter le moral.

En effet, la saison de basket battait son plein
et je ne pouvais pas m'en tenir à l'écart. J'allais
aux matches avec Carole et Kathy — quand elle
n'avait pas de rendez-vous avec Kurt —, et mon
regard restait constamment rivé sur Tim, qu'il
fût sur le terrain ou sur la touche. J'avais beau
essayer de m'en défendre, je ne pouvais pas non
plus m'empêcher d'observer Marcy qui, toujours assise au premier rang, battait des cils et
souriait angéliquement à Tim chaque fois qu'il
regardait de son côté.

Une fois le match terminé, je m'évertuais à trouver une excuse pour rentrer directement chez moi au lieu d'aller chez *Pop's* avec les autres. Je ne pouvais pas supporter de voir Marcy constamment pendue au cou de Tim.

Heureusement, j'avais mon travail au journal et j'étais très absorbée par mes études, sinon, je crois que je serais devenue folle. Tim recherchait toujours ma compagnie. C'était ce qu'il y avait de pire, car il avait systématiquement besoin de me demander conseil à propos de Marcy et je ne pouvais décemment pas lui dire qu'il n'y avait qu'une seule façon de la tenir, à mon avis : à bonne distance avec une perche de trois mètres.

Alors, chaque fois que la conversation retombait sur Marcy, je balbutiais des stupidités du genre : « Tu dois écouter ton cœur », ou : « Ne t'occupe donc pas de ce que les autres pensent. » Il fallait bien que je dise quelque chose, alors je m'évertuais à faire les remarques les plus neutres et les plus anodines possible. Je n'étais pas hypocrite au point de vanter les mérites de Marcy, mais je cachais soigneusement à Tim que je ne l'aimais pas du tout.

A la même époque, Kathy et Kurt décidèrent de sortir ensemble pour de bon et je me sentis plus seule et plus abandonnée que jamais. Je me mis à observer Kathy, essayant de comprendre comment elle pouvait à la fois être si terre à terre et avoir un petit ami. Dans mon cas, rester les pieds sur terre, cela voulait dire être assimilée à un garçon et apparemment, pas un seul d'entre eux ne semblait avoir envie de sortir avec moi.

Je devais avoir un comportement plutôt bizarre, car un après-midi de décembre, alors que nous étions chez les O'Hara, assises près de la cheminée de la salle de jeux du rez-de-chaussée, Kathy me demanda à brûle-pourpoint :

« Qu'est-ce qui se passe, Anny ? Qu'est-ce qui ne va pas ? »

Je quittai une seconde des yeux le bout de guimauve que j'étais en train de caraméliser au-dessus du feu :

« Pourquoi tu me demandes ça ?

— A cause de la façon dont tu m'observes. Ça fait plusieurs jours que ça dure. On dirait que je suis un insecte sous un microscope, dit-elle. Ça me flanque la chair de poule. Tu es fâchée contre moi ou quoi ?

— Ne sois pas idiote. Je te regarde comme d'habitude, mentis-je.

— C'est à cause de Tim et de Marcy, alors ? »

Je fixai le parquet sans rien dire.

« Tu sais, il serait peut-être temps de réagir, dit Kathy. Tu n'es peut-être pas assez agressive.

— Je ne peux tout de même pas me jeter entre eux deux ! dis-je.

— Non, mais au moins, Tim s'apercevrait que tu es une fille merveilleuse. Tu t'effaces trop. »

Des éclats de rire retentirent à cet instant dans l'escalier et nous entendîmes claquer la porte du palier du haut. Kathy ne put réprimer une expression écœurée.

« Tim l'a encore amenée ici, fit-elle en gémissant. Mon Dieu, Anny, comme ça doit être moche pour toi ! Ecoute, je vais peut-être avoir une conversation bien sentie avec mon cher frangin, un de ces jours. Cette bonne à rien le mène en bateau. Et visiblement, ça ne t'enchante pas. »

J'adressai à mon amie un sourire reconnaissant. Des pas se rapprochèrent alors dans l'escalier et je me levai brusquement.

« Il faut que j'y aille, dis-je à Kathy.

— D'accord, fit-elle. Je comprends.

— Salut tout le monde ! lança Tim en franchissant d'un bond les dernières marches et en nous surprenant. Tu ne t'en vas pas déjà, Anny ?

— J'ai du travail à faire », répondis-je, martelant mes mots.

Marcy était là, juste derrière lui, une main possessivement placée sur l'épaule de Tim.

« On dirait que tu travailles beaucoup, dis donc, Anny », observa-t-elle en soulignant sa phrase d'une intonation railleuse.

Comme si je n'avais pas compris son intention ! Mais si elle croyait qu'elle pouvait me démonter !

« Oh, seulement quand je ne sors pas en boîte ou que je ne suis pas invitée à prendre le thé chez le Premier ministre », répondis-je d'un ton léger.

Tim s'esclaffa sans arrière-pensée, mais il se serait sûrement retenu de rire s'il avait pu voir le changement de figure de Marcy.

Je décochai à cette dernière un sourire mielleux avant de m'éloigner dignement.

« A demain, tout le monde ! » lançai-je.

Bien entendu, Marcy trouva moyen de gâcher ma sortie. Pendant que je traversais le hall, je l'entendis susurrer :

« C'est extraordinaire, non ? Anny est *toujours* en train de travailler. J'aimerais avoir moins d'occupations par ailleurs pour pouvoir en faire autant ! »

« Et moi, j'aimerais bien que tu passes sous l'autobus », songeai-je tout en attrapant mon manteau et mes affaires et en sortant en trombe au-dehors.

Vous pensez qu'après une telle scène je trouvai le courage de dire à Tim ce que je pensais de Marcy, n'est-ce pas ? Eh bien, vous vous trompez ! Je n'y arrivai pas. J'avais trop peur qu'il me délaisse tout à fait si je lui disais que je n'approuvais pas sa liaison. En même temps, je me reprochais vertement d'être la plus grande hypocrite du monde. Je ne savais vraiment plus quoi faire.

J'atteignis ce qu'on appelle « le fond du

puits » un peu avant Noël. Kathy était de nouveau prise par des répétitions pour le spectacle
du Nouvel An, et un jour que je rentrais seule,
me traînant péniblement dans la vieille neige
amoncelée pendant la semaine, Tim me rattrapa
sans crier gare.

« La vache ! hoqueta-t-il en se tenant le côté,
les joues rougies par le froid, les yeux brillants.
Je t'ai appelée, mais le vent devait être contre
moi. Alors j'ai couru, mais on dirait que je ne
suis pas aussi en forme que je l'imagine. Je suis
crevé ! »

Je ralentis le pas pour qu'il puisse reprendre
sa respiration, mais je n'éprouvais rien de la joie
que j'aurais ressentie quelques semaines plus
tôt. Alors comme ça, il avait couru pour me
rattraper. La belle affaire ! Je savais maintenant que ce n'était pas parce qu'il était fou de
moi.

Je n'entamai même pas la conversation.
J'aimais encore mieux ne rien dire. Comme ça,
je pouvais au moins me réjouir de la présence de
Tim à mes côtés. Mais si nous bavardions, je ne
tarderais pas à devoir me rappeler les deux choses que je tenais le plus à oublier : que je n'étais
qu'une copine de Tim et que c'était de Marcy
Cummings qu'il était vraiment amoureux.

« Tu seras à la soirée de Noël de Kenny Farrel ? » demanda Tim lorsqu'il eut repris son
souffle.

Je secouai la tête.

« Non, on va chez ma grand-mère à Allentown pour quatre jours.

— C'est vraiment dommage ! Il y aura un tas de gens et puis les parents de Kenny sont toujours très chouettes pour ses soirées. Ils fichent la paix à tout le monde.

— Oh, je suis sûre que personne ne me regrettera, marmonnai-je, cédant enfin un peu à l'autocompassion.

— Comment, personne ne te regrettera ? s'écria Tim, l'air sincèrement stupéfait. Tu ne devrais pas plaisanter avec des trucs pareils, Anny. *Moi* je te regretterai », assura-t-il et je crus que mon cœur s'arrêtait de battre.

Mais il ajouta :

« Surtout que Marcy y va avec Barry Goldstein. »

J'avais toujours su que Marcy était pleine de bassesses, mais à ce point !

« Elle y va avec un de tes copains ? fis-je.

— Ouais. »

Je jetai un coup d'œil à Tim, mais il ne me regardait pas. Il fixait le trottoir glacé et je devinai au pli crispé de sa mâchoire qu'il était malheureux. Il soupira profondément :

« J'imagine que c'est ma faute. Elle m'a dit qu'elle avait attendu que je l'invite et comme je ne le faisais pas, elle a accepté d'y aller avec

Barry. J'ai eu tort de croire que ça allait de soi qu'on y aille ensemble, tu comprends. »

Mais enfin, bien sûr que ça aurait dû aller de soi ! eus-je envie de lui crier. *C'est ta petite amie, en principe, non* ?

Mais je ne dis rien de tout ça. Je murmurai vaguement :

« Oh, bon, je suppose qu'elle ne se doutait pas que tu avais l'intention de l'inviter. »

Tim me regarda alors et je vis qu'il se détendait légèrement.

« Oui, la prochaine fois, j'essaierai de m'y prendre à temps.

— Bien sûr », marmonnai-je, tout en me demandant pourquoi Tim mettait tant de temps à se rendre compte que Marcy se payait royalement sa tête. J'en avais tellement assez de le voir être aussi stupide que je n'ouvris pratiquement plus la bouche durant le reste du trajet.

Juste comme j'arrivais chez moi, je tombai sur Kenny et Doug Ruffner.

« Anny, mon chou, demanda Kenny, mais qu'est-ce qui t'arrive ? »

Je haussai les épaules puis je me repris et lui adressai un sourire enjôleur. Après tout, ça ne me ferait pas de mal de flirter un peu avec les garçons.

« En fait, dis-je en minaudant légèrement, je suis *désespérée* parce que je ne serai pas là pour ta soirée de Noël, Kenny.

— Ah oui ? C'est pas chic, pas chic du tout ! clama-t-il. Je te ferai arrêter, je te traînerai devant les tribunaux, aucun jury ne t'écoutera ! » Puis il reprit son calme. « Sans rire, Anny, c'est la barbe.

— Tu vas vraiment manquer quelque chose ! ajouta Doug en me souriant. Sandy aimerait mieux mourir que de manquer ça !

— Sans toi, ce ne sera pas pareil, Anny, déclara Kenny, pour une fois sérieux.

— Oh, tu dis ça comme ça, insistai-je, secrètement flattée. Il y aura des tas d'autres filles. »

Et juste au moment où je commençais à croire que tout n'était pas perdu pour moi au lycée de Castle Heights, Kenny ajouta :

« Oui, mais les autres filles, ce n'est pas pareil. Toi Anny, tu es pratiquement comme nous, les garçons ! »

Je levai vivement les yeux pour voir s'il plaisantait, mais il paraissait sincèrement désolé et je réalisai qu'il croyait me faire un compliment. Et pour couronner le tout, Doug opinait du bonnet !

Des larmes brûlantes me montèrent aux yeux et je détournai vivement la tête pour les cacher.

« Bon, il faut que j'y aille, dis-je. A un de ces jours.

— A un de ces quatre, Anny ! » répondirent-ils en chœur et, tout en pataugeant péniblement dans l'allée d'entrée, je me détournai pour les regarder. Ils s'éloignaient en se donnant des coups de coude et de grandes claques dans le dos, en parlant fort, comme font les garçons quand ils sont ensemble. J'eus envie de leur crier de toutes mes forces que je n'étais pas comme ça, que je n'étais pas du tout un garçon ! J'étais une fille, une fille comme toutes les autres !

Je me sentais si bouleversée, j'avais l'esprit si embrouillé, ce soir-là, que je montai me coucher dès la fin du repas. J'avais hâte d'être aux vacances de Noël. J'avais hâte de partir de Castle Heights et de m'éloigner de tous ces gens qui me voyaient comme une « bonne vieille copine », le genre de fille que tout le monde aimait bien mais dont personne ne tomberait jamais amoureux.

Lorsque je me réveillai, le lendemain, il neigeait dru. Après la cantine, le principal annonça d'une voix grésillante dans le haut-parleur que les cours se termineraient à treize heures trente à cause des conditions atmosphériques et que nous devions tous écouter la radio le lendemain pour savoir si on reprendrait la classe avant le début des vacances.

J'étais alors en cours d'anglais et tous les élèves explosèrent de joie. J'étais contente moi aussi, pas au point de me mettre à trépigner. J'étais contente parce que j'allais être séparée des élèves un peu plus tôt que prévu, séparée de tous ceux que je détestais parce qu'ils ne me voyaient pas telle que j'étais, et qui m'embrouillaient tellement l'esprit que je ne savais même plus qui était la véritable Anny Wainwright.

Quand je sortis du couloir, j'aperçus Kathy et Kurt main dans la main devant l'entrée. Je ne me sentais pas le cœur de les accompagner, si jamais ils m'attendaient. Je ne pouvais pas supporter la présence de tous ceux qui étaient heureux et formaient un couple, alors je fis demi-tour et courus vers une porte de sortie latérale.

Je regagnai la maison sous une tempête de neige mêlée de glace, éprouvant une joie mauvaise chaque fois que mon pied s'enfonçait dans une ornière et que l'eau et l'humidité l'imprégnaient. J'allais peut-être attraper une pneumonie et alors, tout le monde regretterait bien ce qu'on m'avait fait, songeais-je avec rage. Mais comme je pensais cela, j'eus l'impression d'être redevenue toute petite et cela me rendit si triste que je me mis à pleurer, mêlant mes larmes à la neige glacée qui dégoulinait sur mes joues.

« Enfin te voilà, Dieu merci ! déclara maman en m'accueillant sur le seuil. J'ai entendu à la radio que tous les lycées fermaient plus tôt à cause du mauvais temps. »

Je la laissai m'enlever mon manteau trempé et alourdi par la neige, me sentant trop mal en point pour réagir ou pour parler.

« Mon Dieu, mais tu es littéralement glacée,

ma fille ! s'écria maman en posant sa main tiède sur mon front. Je vais bien vite te faire une tasse de thé au miel pour que tu ne prennes pas froid.

— Merci, maman », balbutiai-je.

Je la suivis machinalement à la cuisine et me laissai tomber sur une chaise, me sentant de plus en plus mal à chaque minute et maudissant mon affreux souhait de tomber malade.

Maman déambulait dans la cuisine en bavardant, me disant qu'elle espérait que nous ne serions pas obligés de renoncer à notre visite chez grand-mère à cause du temps. Il n'était guère dans ses habitudes de parler autant, mais il faut avouer que cela ne me ressemblait pas non plus de rester inerte comme un zombie ; elle avait dû deviner que quelque chose ne tournait pas rond. Tout ce que je sais, c'est que toutes les attentions qu'elle me prodiguait, tous les regards inquiets qu'elle me décochait me rendaient encore plus malheureuse.

Après avoir laissé infuser mon thé, je l'emportai dans ma chambre et maman fut d'avis elle aussi que je ferais mieux de me mettre bien au chaud dans mon lit pour ne pas tomber malade.

Mais il était déjà trop tard. Lorsqu'elle vint me réveiller pour le souper, j'avais des courbatures partout. Maman considéra mes yeux brillants et mon nez gonflé en hochant la tête.

« Toi, tu restes au lit, jeune fille, déclarat-elle, et je t'apporte un plateau. Tu ne vas tout de même pas attraper un rhume à Noël pour te gâcher tout le plaisir. »

« Me gâcher le plaisir ? » songeai-je misérablement lorsqu'elle fut redescendue. « Quel plaisir ? » S'amuser, c'était avoir un petit ami, aller à la soirée de Kenny Farrel, faire partie des filles que les garçons enlaçaient sans se croire obligés d'assortir leur geste d'une petite claque sur l'épaule. Et c'était le genre d'amusement, me disais-je faiblement en m'assoupissant de nouveau, auquel je n'aurais jamais droit.

9

*E*h bien, en fait, je ne contractai pas de pneumonie. Je n'eus même pas un mauvais rhume. Quelques raisons de renifler seulement, une bonne excuse pour garder le lit jusqu'à notre départ et dissimuler à maman la véritable origine de mes humeurs noires.

La neige tombait si fort que les autorités avaient décidé de ne pas rouvrir le lycée avant la fin des vacances. Il cessa de neiger la veille de notre départ pour Allentown, dans l'après-midi. Mais papa n'était pas encore bien certain que les routes seraient assez sûres pour rouler. Cependant, durant la nuit, le temps se mit au dégel et le redoux nettoya les routes des amas de vieille neige pâteuse qui les longeaient.

Bénie soit ma grand-mère ! Elle a toujours réussi à chasser mes humeurs moroses. C'est la mère de maman, mais elle est très différente d'elle — plus petite, aussi fragile qu'un moineau et toujours gaie et pleine d'allant, jamais déprimée, même depuis qu'elle s'est retrouvée seule à la mort de grand-père il y a cinq ans.

Ce fut un vrai Noël d'autrefois et, pour une fois, j'étais heureuse d'être entourée par ma famille. Le sapin occupait presque la moitié du petit salon de grand-mère. Elle y suspendit avec notre aide les guirlandes et les décorations qu'elle possédait depuis que maman était toute jeune. Puis nous déposâmes avec précaution nos cadeaux dessous avant d'aller assister à la messe de Noël dans l'église de la paroisse, un bâtiment ancien et minuscule qui ne ressemblait à aucune des constructions de Castle Heights.

Le jour de Noël fut clair, ensoleillé et froid. Nous aidâmes tous à la confection du grand repas de midi et, comme d'habitude, grand-mère prépara de quoi nourrir une armée alors que nous n'étions que six, papa, maman, moi, grand-mère et tante Hélène et oncle Ben, qui habitaient au bas de la route.

Ce jour-là, j'envoyai promener mon régime, non parce que j'étais toujours déprimée, mais parce que tout était trop appétissant pour ne pas en profiter. Il y avait une énorme dinde farcie, des patates douces caramélisées, des petits pains fourrés, des haricots de Lima, des tomates à l'étouffée, du céleri, des betteraves et de la sauce d'airelles. Pour couronner le tout, du gâteau au potiron, de la tarte aux pommes et aux fruits secs, et la tourte aux fruits maison de tante Hélène. A la fin du repas, nous étions tous trop gavés pour bouger et nous nous attardâmes interminablement autour de la table avant que l'un d'entre nous songe à passer dans la salle de séjour pour déballer les cadeaux.

Pour une fois, tout ce qu'on m'offrit me fit réellement plaisir : le chandail angora cadeau de mon oncle et ma tante, l'écharpe et les gants tricotés par grand-mère, la machine à écrire portable que mes parents m'avaient achetée. Après que nous eûmes tous ouvert nos paquets, admiré nos présents et fait disparaître les emballages épars, oncle Ben s'installa devant le piano droit et joua des chants de Noël. Nous chantâmes *O douce nuit, Mon beau sapin,* et toutes les chansons dont je raffolais quand j'étais petite.

Mon seul sujet de tristesse, c'était de ne pouvoir rester là. Il faudrait bientôt rentrer au lycée et reprendre le rôle de « cette chère vieille Anny » pour le restant de ma carrière scolaire. J'appréhendais mon retour à Castle Heights... comme si je m'étais doutée de ce qui m'y attendait.

Ce qui m'attendait, c'était l'une des plus épouvantables disputes que j'aie jamais eues avec Kathy. Nous venions à peine d'ouvrir la porte et de suspendre nos manteaux que le téléphone sonna.

« C'est pour toi, Anny ! me lança maman depuis la cuisine. Je crois que c'est Kathy.

— Je prends la communication dans le salon, maman ! » répondis-je en m'installant sur le divan après avoir refermé la porte derrière moi.

Je m'apprêtais à écouter les commentaires de Kathy sur le cadeau que Kurt lui avait offert à Noël ou sur la formidable soirée passée chez Ken Farrel, je fus donc plutôt interloquée lorsque après mon bonjour elle me jeta d'une voix cassante :

« Dis donc, Anny, on peut savoir ce que tu mijotes ?

— Qu'est-ce que tu veux dire par là ? demandai-je, stupéfaite.

— Je veux dire que j'ai finalement eu assez de cran pour parler à Tim de sa stupide liaison avec Marcy Cummings et essayer de le ramener à des réactions plus sensées, dit-elle d'un ton glacial. Et tu sais ce qu'il m'a répondu ?

— Non, fis-je.

— Eh bien, il m'a dit que tout le monde n'était pas de mon avis au sujet de cette chère Marcy. Il m'a affirmé que tu l'*adores* littéralement et que tu penses comme lui qu'elle ne le mènerait jamais en bateau. Mais qu'est-ce que tu as dans la tête ? acheva Kathy d'un ton plus

113

intrigué que furieux, cette fois. Je croyais que Tim te plaisait.

— Mais il me plaît, insistai-je. Il... il me plaît beaucoup. Tu le sais bien.

— Alors, pourquoi diable encourages-tu sa liaison avec Marcy ? Je n'ai jamais rien vu de plus idiot. Et sans parler du reste ! Cette fille l'a tellement tourneboulé qu'il n'a plus de très bonnes notes et si ça ne s'améliore pas, maman va lui ordonner de quitter l'équipe de basket.

— Oh, non, c'est épouvantable ! suffoquai-je.

— Tu te rappelles *sûrement* qu'il avait conclu un marché avec maman, non ? observa Kathy d'un ton doucereux que je devinais chargé de venin. D'après Tim, c'était encore une de tes idées.

— Ecoute, Kathy, plaidai-je, je suis catastrophée. Vraiment catastrophée. Et puis, je n'ai jamais encouragé Tim à courir après Marcy Cummings, je t'assure. Pourquoi j'aurais fait ça ? Tu comprends, il me parlait tout le temps d'elle, qu'elle était merveilleuse, et ceci et cela... J'ai eu peur qu'il se mette à me détester si je lui disais du mal de quelqu'un qu'il aimait, alors je... eh bien, je lui ai plus ou moins donné raison, achevai-je lamentablement.

— Mais enfin, Anny, qu'est-ce qui ne tourne pas rond chez toi ? s'écria Kathy d'un ton si contrarié et si déçu que je fondis en larmes.

— Oh, Kathy, si tu savais ! Ma vie est un vrai

gâchis ! lui dis-je en sanglotant. Tu avais raison, j'ai été folle de devenir copine avec les garçons. Mais je ne savais pas quoi faire d'autre. Et puis si je change d'attitude, ils vont me détester maintenant, y compris Tim !

— Bien sûr que non, ils ne vont pas te détester ! Si tu changes, ça ne sera pas forcément plus mal, tu sais. Bien au contraire. Ecoute, Anny, ne pleure pas, s'il te plaît. Je ne savais pas que tu étais si malheureuse. Je ne voulais pas te faire de scène, je t'assure. C'est juste parce que je suis vraiment très contrariée par l'histoire de Tim.

— Tout ce que je voulais, c'est qu'il m'aime, dis-je en redoublant de sanglots.

— Eh bien, en tout cas, tu n'as pas besoin d'être le paillasson d'un garçon pour qu'il t'aime bien, observa Kathy avec calme. C'est malhonnête, envers toi et envers les autres. Pourquoi tu ne resterais pas toi-même, tout simplement ? Pourquoi tu ne traites pas Tim et les autres garçons comme tu traites les filles ?

— Que veux-tu dire par là ? hoquetai-je.

— Ecoute, si j'avais le béguin pour un garçon aussi nul que Marcy et que je passais mon temps à te dire qu'il est super, tu ne dirais pas que j'ai raison, non ? Ou tu te tairais, ou tu me dirais que tu ne l'aimes pas. Tu comprends, Anny ? D'une certaine manière, tu n'es pas beaucoup plus honnête que Marcy avec les garçons. C'est terrible.

« — Oui, mais maintenant, ils comptent sur moi pour les aider, me lamentai-je.

— Et alors ? » Je vis Kathy hausser les épaules comme si j'y étais. « Ils s'y feront. Avant, ils se débrouillaient bien sans toi. Ils ne seront pas longs à cesser de te considérer comme un de leurs potes, crois-moi, et à te voir comme une vraie fille.

— Je suppose que tu as raison », dis-je lentement. Je soupirai, ayant l'impression de n'être vraiment bonne à rien. « Et puis même si on me met à l'index, c'est toujours mieux que d'être prise pour l'hôtesse de service.

— Ou la madame Courrier-du-cœur, acquiesça Kathy. Et puis s'il te plaît, Anny, à partir de maintenant tu voudras bien te taire lorsque Tim se mettra à parler de Marcy Cummings. Cette fille est en train de gâcher son existence.

— Je... je ne l'encouragerai pas à continuer à la voir, dis-je d'une voix hésitante, sachant à quel point cela me serait difficile. Je te le promets.

— Bien ! » commenta Kathy.

Et à sa façon à la fois abrupte et posée elle changea de conversation, me demandant comme s'était passé mon Noël.

Bien entendu, il est toujours beaucoup plus facile de prendre une résolution que de la mettre en application pour de bon. Après avoir dit au revoir à Kathy et raccroché le téléphone, j'allai rejoindre papa et maman au salon, où ils regardaient la télévision. C'était l'une de mes émissions préférées, mais je la suivis à peine. J'essayais de m'imaginer en train de couper brusquement la parole à Tim quand il me parlerait de Marcy. Rien que d'y songer, j'en avais l'estomac noué.

Je tentai de me persuader que Tim laisserait peut-être tomber Marcy et ne mentionnerait plus jamais son nom devant moi. Mais je savais bien que je me racontais des histoires.

Toutefois, avant de décevoir Tim, je dus m'exercer à mon nouveau rôle auprès d'un autre garçon. Le sort tomba sur Doug Ruffner. Son casier était à côté du mien et il vint un jour me trouver pendant que je prenais mes affaires pour m'expliquer que Sandy ne voulait pas l'autoriser à sortir un soir en bande avec les autres garçons.

« Elle dit que lorsqu'on forme un vrai couple, on ne doit plus avoir besoin de ce genre de choses, me dit-il. Mais moi je trouve qu'elle a tort. Tout le monde a besoin d'avoir plusieurs amis. Comment pourrais-je le lui faire comprendre, Anny ? »

Un flot de conseils bien sentis étaient sur le point de sortir de ma bouche, lorsque je me rappelai ma promesse. Prenant une profonde inspiration, je déclarai d'un ton calme :

« Etant donné que je n'ai jamais été avec

quelqu'un, je ne crois pas que je suis bien placée pour te donner des conseils, Doug. »

Il me dévisagea d'un air aussi stupéfait que si je venais brutalement de lui avouer que j'étais un agent double.

« Mais tu m'as déjà dit ce que tu pensais sur des tas de trucs, Anny ! » protesta-t-il.

Je hochai la tête.

« Je sais, Doug. Mais crois-moi, en fait, c'est toi qui as réglé les choses. De toute façon, je ne suis pas spécialement qualifiée pour donner des conseils. » Je lui adressai un sourire qui se voulait rempli de sympathie. « Ne t'inquiète pas, va. Je suis sûre que vous vous arrangerez très bien, Sandy et toi. »

Doug me dévisagea bizarrement, la mâchoire creusée d'un pli dur. Il était visiblement furieux que je refuse de l'aider. Puis il finit par hausser les épaules et son expression s'adoucit.

« Ouais, tu dois avoir raison. Je crois qu'on ferait mieux d'essayer de résoudre nos problèmes tout seuls au lieu de compter sur les autres. Mais j'aimerais bien que quelqu'un raisonne un peu Sandy, c'est sûr, ajouta Doug en abattant violemment son poing sur la rangée de placards. Quelquefois, elle a des réactions tellement exagérées, elle est tellement écorchée vive que j'ai envie de me mettre à hurler. Regarde, toi par exemple, Anny, tu n'es pas comme ça. Tu es calme et compréhensive. Pourquoi Sandy n'est pas comme toi ?

— Tu sais, Doug, pour moi c'est facile de rester calme, dis-je, me laissant aller à parler. Après tout, je n'ai rien à perdre, non ? Je ne suis pas ta petite amie. Mais Sandy oui, et elle voit forcément les choses d'un point de vue tout différent. »

Doug hocha lentement la tête.

« J'admets que tu marques un point. »

Puis il eut un grand sourire et, ouvrant son armoire, il commença à rassembler ses affaires.

« Ça doit être qu'on aime bien se disputer pour avoir le plaisir de se réconcilier après, observa-t-il. En tout cas, c'est ce que la mère de Sandy nous dit tout le temps. Oh, tiens, la voilà, Sandy, justement ! »

Je dis au revoir à Doug et m'éloignai dans le couloir. Quand je saluai Sandy en passant à sa hauteur, à mon étonnement, elle s'arrêta au lieu de s'empresser comme d'habitude de rejoindre Doug.

« Qu'est-ce que tu faisais encore, Anny ? me demanda-t-elle d'une drôle de petite voix. Tu donnais des instructions supplémentaires à Doug pour bien me tenir ? »

Je rougis jusqu'à la racine des cheveux, m'avouant que je ne l'avais pas tout à fait volé. A la place de Sandy, j'aurais réagi de la même manière.

« Pour te dire la vérité, Sandy, j'étais en fait en train d'expliquer à Doug que vous pouvez sûrement résoudre vos problèmes entre vous seuls quand vous en avez. Tu sais, ajoutai-je avec la plus grande sincérité, je donnerais n'importe quoi pour avoir une relation comme la vôtre.

— Ah oui ? » Son expression pincée la quitta et elle sourit. « Eh bien, tu sais, ne t'inquiète pas, Anny, je suis sûre que tu en connaîtras une un jour. »

Sandy tendit le cou en direction de l'endroit où Doug l'attendait près des casiers.

« Oh ! oh ! je ferais sûrement mieux d'y aller avant qu'il pique sa crise, commenta-t-elle en pouffant de rire. Mais tu sais, j'apprécie vraiment que tu lui aies dit de garder nos problèmes pour nous. Moi aussi, je crois qu'on peut se débrouiller tout seuls. »

La réaction de Doug et de Sandy me donna la sensation qu'on venait de me délivrer d'un grand poids. Pour commencer, Doug n'avait pas l'air de m'en vouloir de mon refus. Et d'autre part, Sandy semblait m'aimer mieux parce que j'avais refusé de lui donner mon opinion.

Bien entendu, je ne m'attendais pas à ce que les filles soient enthousiasmées du jour au lendemain par ma nouvelle attitude — après tout, elles m'en avaient presque toutes voulu de mon amitié avec les garçons. Mais si les garçons prenaient la chose aussi bien que Doug, j'avais peut-être des chances de conserver leur amitié sans pour autant continuer à jouer auprès d'eux le rôle de directeur de consciences.

Cependant, tout en rentrant chez moi d'un pas plus léger, je ne perdais pas de vue qu'il me restait encore un grand pas à accomplir, le plus difficile de tous. J'avais beau raisonner en prenant « tous les garçons » en bloc, ce n'était pas ce qui m'inquiétait réellement. Si tous les garçons des classes de secondes du lycée de Castle Heights se mettaient à vénérer le sol où je marchais, tous sauf un et que cette exception était Tim O'Hara, si Tim me prenait en haine, je serais alors une ratée à mes propres yeux.

10

J'étais loin d'être optimiste sur la façon dont Tim accueillerait ma nouvelle attitude. Je ne sais pas très bien pourquoi je ressentais les choses comme ça. Peut-être parce que je l'avais trop aidé auparavant pour que tout se passe simplement ; peut-être parce que je ne croyais pas qu'il pouvait m'aimer telle que j'étais, puisqu'il était séduit par quelqu'un d'aussi malléable que Marcy Cummings ; ou peut-être à cause du temps de janvier, un temps sombre et morne comme une vengeance. Quoi qu'il en soit, pour la première fois depuis que je le connaissais, je m'obstinais soigneusement à éviter Tim, espérant contre tout espoir que tout serait fini entre Marcy et lui lorsque nous parlerions de nouveau.

Mais au cours de la seconde semaine de janvier, à l'époque des représentations du spectacle du Nouvel An, tous les vendredis et samedis soir, Tim et Marcy étaient toujours ensemble. Et Carole et moi nous choisîmes justement sans le vouloir, pour assister au spectacle, le jour où Tim s'y rendit avec qui-vous-savez.

Je les regardai tous les deux traverser la salle. Marcy était pendue au cou de Tim et il lui souriait comme si elle était la chose la plus adorable du monde. Que pouvait-il lui trouver de si extraordinaire ? Je ne parvenais pas à le comprendre.

« Tu sais ce qui m'horripile chez Marcy Cummings ? » demanda tout à coup Carole comme si elle avait pu lire dans mes pensées.

Je la dévisageai avec stupéfaction, en secouant la tête.

« Je déteste toutes ses manières. Même là, en descendant l'allée, regarde-la. Comme si elle était devant une caméra ou un appareil photo. Tu vois ce que je veux dire ? On dirait que les gens ne comptent pas pour elle, sauf comme une chose sur laquelle elle aurait mis le grappin. J'ai toujours pensé que ses petits amis étaient interchangeables à ses yeux. Pourvu qu'elle soit en vedette. Il n'y a pas un mot pour dire ça ?

— Égocentrique ? suggérai-je. Je crois que ça

veut dire quelqu'un qui se voit constamment comme le centre de tout.

— Oui, c'est ça, tout à fait elle ! approuva fermement Carole. Une égocentrique ! »

Les lumières s'éteignirent lentement et l'orchestre attaqua l'ouverture du spectacle, un montage de chansons, de danses et de sketches satiriques réalisé par les classes de terminale et joué par l'ensemble des élèves. Dans la lumière faiblissante de la salle je pus voir les cheveux blonds de Marcy s'incliner doucement vers les boucles sombres de Tim pendant qu'elle chuchotait contre son oreille, et je songeai à ce que Carole avait dit.

C'était vrai. Marcy n'avait pas l'air d'aimer grand monde. Chaque fois que je l'avais vue avec Tim, elle avait l'air de s'intéresser davantage à l'effet qu'elle produisait sur les gens qui les regardaient qu'à Tim lui-même. On aurait dit qu'elle se voyait comme la vedette d'un film, avec un grand et beau brun à ses côtés pour mettre en valeur sa beauté blonde. Je me demandai s'il lui était déjà arrivé de considérer Tim comme une personne à part entière, de réfléchir à ce qu'il était vraiment, et cette pensée me rendit plus triste que tout.

Bien sûr, Tim était mignon et c'était l'un des garçons les plus connus des classes de seconde, mais ce que j'aimais réellement en lui, c'était sa façon de plaisanter et de bavarder ; l'aisance avec laquelle il marchait à mes côtés, sans que je me sente jamais forcée d'être mignonne ou spirituelle. Lorsque je pensais à Marcy, si préoccupée d'elle-même qu'elle n'avait rien remarqué de tout cela chez Tim, j'en avais presque de la peine pour elle.

Dès que les lampes se rallumèrent, à la fin du spectacle, j'agrippai le bras de Carole.

« Partons vite chez *Pop's* pour être sûres d'avoir une bonne table, dis-je en me précipitant vers le bas de l'amphithéâtre.

— Hé, on peut arriver dans les premières sans avoir à piquer un cent mètres, Anny ! »

Elle riait, mais quelque chose dans son intonation me fit ralentir.

« Oh, bon, ça va », cédai-je en haussant les épaules.

Il faisait sombre dehors et les lampadaires découpaient de larges pans d'ombre, si bien que je ne pus distinguer nettement le visage de Carole quand elle remarqua :

« De toute façon, Anny, je sais très bien pour quelle raison tu étais si pressée de sortir. »

Je fus soulagée qu'elle ne puisse pas voir non plus mon visage.

« Que veux-tu dire ? Qu'y a-t-il de si bizarre à vouloir une bonne place chez *Pop's* ?

— Rien ? Mais tout le monde au lycée a remarqué que tu es folle de Tim O'Hara, alors tu ferais aussi bien de l'admettre. Et puis je ne crois pas que ce soit très chic de le cacher à tes amies, si tu as confiance en elles », ajouta-t-elle d'un ton un peu vexé.

Je pensai qu'elle avait raison.

« Je croyais que personne ne s'en doutait, dis-je faiblement.

— Ecoute, Anny ! s'exclama-t-elle d'un ton narquois. Il n'y a qu'à voir comment tu le regardes pour piger le tableau ! Tu le dévores littéralement des yeux !

— Oh non ! gémis-je. C'est si visible que ça ?

— Bon, non, pas vraiment, reconnut Carole. Mais je m'en suis aperçue il y a un moment, alors pourquoi prétends-tu que tu ne te dépêchais pas à fond la caisse pour éviter de le rencontrer avec Marcy ?

— Parce que je me trouve tellement stupide ! explosai-je, soulagée de pouvoir enfin confier à quelqu'un mes sentiments réels. Tim s'aperçoit tout juste de mon existence, sauf lorsqu'il a besoin d'un conseil, et je ne peux littéralement pas supporter de le voir avec cette horrible fille ! Oh, Carole, j'ai les idées tellement embrouillées !

— Alors c'est comme ça que tu résous les choses ! En fuyant devant eux comme si tu étais coupable ?

— Je n'arrive plus à faire semblant de la trouver bien devant Tim et d'avoir l'air de penser que c'est formidable qu'il sorte avec elle ! dis-je d'un ton lamentable.

— Et qu'est-ce qui t'y oblige ? »

Nous nous rapprochions de chez *Pop's* à présent, et je ralentis, marchant plus lentement encore malgré le froid glacial et ma hâte à me retrouver bien au chaud dans la salle. Je voulais terminer la discussion avant qu'on soit rentrées dans la pizzeria.

« Je sais, je sais bien. Mais je ne vois plus comment réagir, Carole.

— Tu n'as qu'à réagir comme tu l'as toujours fait ! Bon, d'accord, je vais te dire un lieu commun, mais pourquoi tu n'essaies pas de rester tout simplement toi-même ? demanda Carole. Si tu ne veux pas que Tim t'accable avec ses histoires, ne le laisse pas faire. On peut être altruiste sans forcément être un martyr, bon sang ! Et puis comment veux-tu que Tim comprenne que tu t'intéresses à lui si tu continues à lui donner des conseils sur Marcy ? A mon avis, ça n'a pas de sens. »

Nous franchîmes alors le seuil et je me mis précipitamment à parler du spectacle. Carole me jeta un coup d'œil aigu, comprit aussitôt. Je n'avais guère envie de discuter d'un sujet aussi douloureux au beau milieu du restaurant.

Comme nous étions arrivées tôt, nous étions prêtes à partir au moment où la salle commençait vraiment à se remplir de monde. Nous étions en train de payer la note au comptoir lorsque Marcy entra en coup de vent, timidement suivie par Tim.

« Vous partez déjà ? » nous demanda-t-il, l'air déçu.

Avant que nous ayons pu répondre, Carole et moi, Marcy l'entraîna par le bras.

« Allez viens, Tim, on s'assoit avant que toutes les bonnes tables soient prises.

— Je jure de me faire ermite plutôt que d'être obligée de me comporter comme ça pour accrocher un garçon ! déclarai-je avec ferveur pendant que nous revenions chez moi.

— Tu deviens aussi mélodramatique que Kathy ! s'exclama Carole en riant sans me prendre le moins du monde au sérieux.

— Je ne vois pas ce qu'il y a de si drôle !

— Quand même, Anny, il y a une sacrée différence entre être totalement seule et ne pas avoir de petit ami. Par exemple, est-ce que tu as de la peine pour moi parce que je n'ai pas de petit copain ? »

Carole avait pris un ton si franc et si sérieux que je la dévisageai avec étonnement, avant de réaliser dans un sursaut qu'elle ne sortait effectivement pas beaucoup. Et tout compte fait, je ne voyais rien à redire à ça.

« Oui, mais toi c'est différent, Carole, insistai-je. Tu es grande, jolie, sûre de toi ! Si les garçons ne t'invitent pas à sortir avec eux, ça ne veut pas dire qu'il y a quelque chose qui cloche chez toi !

— Alors, pourquoi ça voudrait dire que ça cloche chez *toi* ? » répliqua-t-elle.

Je m'arrêtai net, essayant de trouver le moyen de faire comprendre les choses à Carole et, tout à coup, je réalisai qu'elle avait touché juste. Je m'étais mis dans la tête que j'avais quelque chose de monstrueux et que c'était pour ça que les garçons me rejetaient. On aurait dit une prophétie qui s'accomplissait d'elle-même : je ne leur donnais pas la moindre possibilité de me considérer comme une vraie fille, alors ils ne voyaient rien et après ça, j'étais encore plus persuadée qu'avant que je n'avais rien d'aimable. Et ainsi de suite.

« Bon, d'accord ! concédai-je en riant, me sentant déjà beaucoup mieux. Alors comme ça, je ne suis pas une lépreuse. Que suggérez-vous, docteur ? demandai-je en riant sans pouvoir réprimer un sourire en songeant au nombre de personnes que je sollicitais pour me donner conseil, ces derniers temps.

— Je ne suis pas un expert, mais je te conseillerais d'oublier tout ça pendant quelque temps. Si un garçon t'invite à sortir, parfait. Si personne ne t'invite, parfait aussi. Il y a autre chose dans la vie que les garçons, Anny.

— Oui, mais...

— Et même s'il n'y a que ça, interrompit

Carole d'un ton mordant, ça ne sert à rien de broyer du noir sur la question.

— C'est vrai, tu as raison ! C'est fou ce que j'ai pu perdre comme temps, ces dernières semaines ! Allons, viens, on va manger les biscuits de maman avant que mon père te raccompagne. J'ai encore une de ces faims, tout à coup ! »

Au fur et à mesure que les jours passaient, j'étais de plus en plus heureuse d'avoir des amies comme Kathy et Carole, de vraies amies qui m'aimaient assez pour me dire franchement ce qu'elles pensaient. Kathy avait vu juste à propos de « l'aide » que j'avais apportée à Tim. Si j'avais réellement voulu devenir son amie, j'aurais dû être aussi franche avec lui que Kathy ou Carole l'étaient avec moi. J'eus l'occasion de mettre ma personnalité réelle à l'épreuve et de dire ma façon de penser moins d'une semaine après le spectacle du Nouvel An. Tim se tenait devant l'entrée, à la sortie des cours, et il m'adressa un sourire dès qu'il m'eut aperçue. « Oh ! oh ! pensai-je, nous y voilà. » Et j'avais vu juste.

« Tu rentres chez toi, Anny ? » demanda-t-il.

Je hochai simplement la tête, devinant par avance ses prochaines paroles.

« Ça t'ennuie que je t'accompagne ?

— Bien sûr que non, Tim. J'aime bien marcher avec toi », répondis-je sincèrement sans ajouter que ç'avait été le cas jusqu'à ce qu'il se mette à me casser les oreilles avec Marcy.

Mais de toute façon, ce jour-ci serait différent des autres. Pendant que nous bavardions, je guettais le moment où Tim se déchargerait sur moi d'un de ses éternels problèmes. Il n'y manqua pas.

« Figure-toi que Marcy va à la fête du mois de février avec Barry. Incroyable, non ? commença Tim d'un ton éberlué. Je lui ai demandé quand elle voulait que je l'invite et elle m'a tout simplement répondu qu'elle était désolée mais que Barry s'y était pris avant moi. » Il grommela. « Il faut que tu m'aides, Anny ! Qu'est-ce que je pourrais faire pour la persuader d'annuler ce rendez-vous ? »

« Et voilà, nous y sommes », me dis-je, sûre que j'allais éloigner Tim de moi pour toujours. Mais ma décision était prise et j'étais résolue à m'y tenir.

« Franchement, Tim, je ne vois pas pourquoi tu te tracasses pour un truc pareil, déclarai-je tout en enregistrant l'expression abasourdie qui se répandait sur son visage. Enfin quoi, Marcy n'a pas l'air de tenir à aller à la fête avec toi ! Si c'était *moi* ta petite amie, je n'accepterais sûrement pas un rendez-vous avec Barry.

— Mais... mais tu sais bien que Marcy pense qu'elle doit sortir avec plusieurs garçons pour vaincre sa timidité ! protesta Tim en prenant sa défense. Comment peux-tu le lui reprocher ? »

Nous étions arrivés devant chez les O'Hara et nous nous immobilisâmes. Ma pile de livres bien serrée contre moi, je regardai Tim droit dans les yeux et, malgré toute mon angoisse, je déclarai :

« Ecoute, Tim, pour être franche, j'aimerais autant qu'on ne parle plus de Marcy. Je pense que cette fille n'est pas assez bien pour toi et je ne la trouve pas particulièrement sympathique. Et puis en ce qui me concerne, ce qui se passe entre vous deux ne me regarde pas. Si tu as des problèmes avec Marcy, tu n'as qu'à en discuter avec elle. »

Tim me dévisageait comme s'il me voyait pour la première fois et ce qu'il découvrait n'avait pas l'air de lui plaire. Il fronçait le sourcil, comme s'il s'efforçait de trouver un sens caché à mes paroles.

« Je croyais que tu étais mon amie, Anny, dit-il d'un ton accusateur.

— Mais je suis ton amie, Tim. Sincèrement. Et c'est justement pour ça que je t'ai dit ce que je viens de te dire. Je me suis rendu compte que je n'avais pas été très bonne amie avec toi ces temps-ci. Sinon, j'aurais été honnête, au lieu de t'encourager à voir une fille qui à mon avis ne te mérite pas. »

Tim secouait lentement la tête, me dévisageant toujours d'un air abasourdi.

« Merci pour ton aide ! marmonna-t-il enfin d'un ton sarcastique, en s'éloignant sous la neige.

— Tim, je suis navrée ! » criai-je, mais il ne se retourna pas et je poursuivis ma route vers la maison sur des jambes mal assurées. Très bien, j'avais fait ce qu'il fallait. J'avais la conscience nette. Mais maintenant... Est-ce que nous allions jamais nous réconcilier, Tim et moi ?

Je ne revins pourtant pas sur ma décision, même si les jours qui suivirent furent difficiles. Quand un garçon m'abordait, quel qu'il fût, je ne le laissais pas m'entraîner à me mêler de ses problèmes. J'essayais simplement de lui remonter le moral, comme je l'aurais fait avec mes amies filles.

Et je me forçais aussi à faire la conversation. Je changeais de sujet aussi délicatement que possible, parlant de choses de tous les jours, de choses naturelles, comme la classe ou le cinéma. Je refusais de me comporter comme si les garçons n'acceptaient de me parler qu'à condition d'obtenir des conseils utiles en retour. Et vous savez quoi ? Ça marchait !

Pour la première fois depuis le début de l'année, je me sentais heureuse de vivre. Je me rendais compte que Kathy et Carole avaient eu raison sur plus d'un point. Par exemple, je découvrais que ce n'était pas la fin du monde de ne pas avoir de rendez-vous avec les garçons. Je pouvais m'amuser quand même, en ayant d'autres occupations, et *aussi bien* avec des filles qu'avec des garçons.

Un jour, alors que je me trouvais près de mon casier, Kathy vint me trouver.

« Ça te dirait de manger avec nous chez *Pop's* ? me demanda-t-elle. J'y vais avec Kurt et on vient juste de tomber sur Carole qui nous a dit qu'elle meurt de faim et qu'elle nous rejoindra dans un moment.

— Oui, bien sûr, acceptai-je, n'hésitant que l'espace d'une seconde.

— Ne t'inquiète pas, dit Kathy d'un ton rassurant. Tim et Marcy ne seront pas là. »

Je les accompagnai donc, à l'aise avec Kathy et Kurt et ne me sentant pas du tout déplacée.

En arrivant chez *Pop's*, nous fûmes accueillis avec joie par Barry et Kenny qui nous invitèrent à leur table. Nous nous assîmes tous en bande, riant et faisant du bruit, et Carole ne tarda pas à nous rejoindre. Je passai un excellent moment. Je parlai avec Barry de notre dernière composition de géométrie, qui était plutôt ardue ; avec Kenny, des conditions lamentables des retransmissions télé, et avec Kurt, du rôle de Kathy dans le spectacle du Nouvel An. Personne ne souleva une seule fois le moindre problème. Tout à coup, je pensai : « *C'est formidable, Anny ! Et c'est grâce à toi-même ! Tu peux t'intégrer à un groupe, il suffit de le vouloir.* »

Après avoir avalé notre pizza, nous dûmes partir chacun de notre côté et Kathy et moi, on se retrouva ensemble pour rentrer à la maison. Elle me parla du bal de février et de la nouvelle robe qu'elle avait achetée. Puis elle s'interrompit et me demanda avec le plus de tact possible :

« Tu ne vas toujours pas à la soirée, Anny ?

— Je crois bien que non, soupirai-je. Tu sais, ce n'est pas que j'attende l'invitation de Tim. J'irais aussi bien avec quelqu'un d'autre. Mais je dois te dire qu'au fond, je n'attache plus autant d'importance qu'avant à ça. Je m'amuse quand même très bien par ailleurs. Comme quand on va en bande chez *Pop's*. Cela dit, ajoutai-je, c'est sûr que j'aimerais y aller avec Tim. »

Kathy m'entoura de son bras.

« Je suis sûre que tout s'arrangera pour toi, assura-t-elle. Tu as l'air de t'en tirer très bien avec le reste, en tout cas. Mais tu sais ce qu'il faudrait faire ?

— Quoi ? Tu n'es pas en train de me donner un conseil, hein ?

— Certainement pas ! » Elle rit. « Je vais simplement faire savoir chez moi que tu n'as pas de cavalier. Ça donnera peut-être des idées à Tim.

— Ça ne peut pas faire de mal. Merci beaucoup, Kathy. »

En arrivant à la maison je me sentais toute joyeuse.

Le seul nuage noir qui assombrissait ma

bonne humeur, c'était l'attitude de Tim. Oh, il me disait bien un vague bonjour quand on se croisait dans les couloirs, mais il ne recherchait certes pas ma compagnie. Et à l'expression lugubre et abattue de son visage quand il marchait dans les couloirs, je voyais bien qu'il traversait une période de remise en question plutôt difficile.

Je me hasardai à questionner Kathy à son sujet un soir qu'elle était restée dîner chez nous et que nous sirotions notre café à la table de cuisine.

« Comment... Comment va Tim, ces temps-ci ? demandai-je en hésitant.

— Tu veux savoir si j'ai réussi à glisser mon allusion, pour la fête ?

— Euh, non... c'est surtout... Oh, je ne sais pas. Il a l'air si distant, tout à coup.

— Ouais. Il se fait plutôt renfermé. Je ne saurais pas te dire ce qui se passe dans sa tête. Il est toujours avec Marcy, mais je n'ai pas l'impression qu'il soit très heureux.

— Tu crois qu'il m'en veut beaucoup ? » demandai-je.

Le regard de Kathy erra vers la fenêtre.

« Je ne sais pas. Franchement, je ne sais pas. Il parle tellement peu en ce moment. Ecoute, Anny, tu es ma meilleure amie et Tim est mon frère jumeau, et je vous aime tous les deux. Mais je ne veux pas me retrouver coincée entre vous. Je ne tiens pas à jouer les intermédiaires.

— Je comprends, dis-je doucement.

— Mais ça ne veut pas dire que je te laisse tomber, poursuivit-elle. Je vais te donner un conseil.

— Tu es bien sûre que tu devrais ? fis-je.

— Rien que pour cette fois, dit Kathy en souriant. Je pense que pour l'instant tu devrais ne rien faire, sauf de rester toujours aussi aimable qu'avant avec Tim. C'est lui qui n'est pas raisonnable et c'est à lui de reprendre ses esprits.

— Bon, très bien », dis-je avec résignation.

Mais cela n'avait rien de facile.

Je voyais toujours Tim avec Marcy et j'en concluais qu'il s'obstinait à rester avec elle, quoi que les autres puissent penser. Cependant, je n'avais pas l'impression que ça allait fameusement entre eux. Surtout après avoir vu un jour Marcy s'éloigner de lui en déclarant d'un ton irrité : « S'il y a une chose que je déteste, c'est un garçon qui se comporte comme si je lui appartenais ! »

Je me dissimulai vivement sous un porche jusqu'à ce que Tim se fût éloigné. Je voyais qu'il était furieux et je ne voulais pas aggraver la situation en lui laissant savoir que j'avais surpris cette petite scène déplaisante.

Mais pour être entièrement honnête, j'avais trop à faire pour me tracasser beaucoup à propos de Tim. C'était toujours le garçon que j'adorais, mais puisque je ne lui plaisais pas, je n'y pouvais pas grand-chose. En attendant, je me défendais de mon mieux. Je travaillais plus dur que jamais au journal et j'avais commencé à inviter de temps en temps des camarades à la maison.

Comme nous habitions près du lycée, il était tout naturel que mes amis entrent un moment chez moi en passant. Quelquefois, dans l'après-midi, une bande de copains de la classe venait à la maison ; ou bien, le soir, Kurt et Kathy ou Kenny et Barry apportaient des disques à écouter ou venaient pour qu'on fasse des devoirs ensemble.

J'eus même un rendez-vous avec un garçon ! Ce fut avec Kenny et nous nous rendîmes tout simplement au cinéma. A ma déception, la soirée n'eut rien de bien extraordinaire. Encore que, en y réfléchissant, ce n'était peut-être pas décevant du tout. Je commençais à comprendre que j'avais attaché beaucoup trop d'importance aux sorties avec les garçons. Vous comprenez, j'aimais bien Kenny, et on s'était bien amusés tous les deux. Mais en le quittant, je ne me sentais pas du tout différente de ce que j'étais avant. Rien n'avait non plus changé entre nous, même si Kenny m'avait tenue enlacée pendant la séance et m'avait embrassée dans sa voiture, après m'avoir raccompagnée jusqu'à la maison.

On pourrait dire que je m'adaptais petit à petit à la vie ordinaire d'une fille de mon âge. Rien de spectaculaire. Tout était très normal. Et c'est au moment où je commençais vraiment à me sentir bien que Tim O'Hara refit son entrée dans mon existence et y démolit tout.

11

*U*n jour, entre deux cours, je me précipitai en toute hâte au vestiaire. En fouillant dans mon casier pour prendre un livre, je me rendis brusquement compte que quelqu'un était appuyé contre le mur tout près de moi. Du coin de l'œil, j'aperçus un bout de laine verte et je sus immédiatement qu'il s'agissait du chandail de Tim.

« Salut, Tim », dis-je d'une voix légèrement tremblante en levant les yeux.

Il m'adressa son petit sourire en coin, celui qui lui plissait les yeux et laissait entrevoir ses dents parfaites.

« Salut, Anny », répondit-il d'une voix grave et si voilée que j'en fus parcourue d'un léger frisson.

Je ne m'attendais pas à ce que sa présence produise sur moi le même effet qu'auparavant et je me sentis un peu troublée de réaliser que rien n'avait changé.

« Qu'est-ce qu'il y a ? » demandai-je d'une voix curieusement haut perchée, malgré mes efforts pour paraître totalement décontractée.

Le regard de Tim se détourna du mien et il manipula ses livres comme s'il ne savait qu'en faire. Finalement, il balbutia :

« Je... je voulais juste m'excuser pour mon comportement de la semaine dernière. »

Il releva les paupières et, comme son regard croisait le mien, mon cœur, malgré moi, fit un bond.

« J'ai agi comme un parfait imbécile, je m'en rends très bien compte, reprit Tim, l'air presque de nouveau fâché.

— Oh, ce n'est pas grave, dis-je, ne voyant pas trop quoi dire. Je suppose que j'ai dû pas mal te surprendre.

— Oui. Enfin, il n'y a pas que ça. Tu m'as dit des choses que je m'étais déjà dites à moi-même sans vouloir les admettre. C'est pour ça que je t'ai rembarrée.

— Tu veux dire pour... ? »

Tim approuva d'un signe de tête si brusque que ses boucles noires s'agitèrent.

« Pour Marcy, oui. Dans le fond, je sentais bien qu'elle me tournait en bourrique. Côté perspicacité, je dois être un peu poire, reconnut-il en esquissant enfin un sourire. Cela dit, je me demandais si tu... si tu voulais aller à la fête de février avec moi. A moins que tu aies déjà un rendez-vous, bien sûr. »

Pour une surprise, c'était une surprise ! Après tout ce qui s'était passé, Tim O'Hara m'invitait finalement à la soirée ! Mais c'est d'un ton très calme que je répondis :

« Oh, Tim, je veux bien, oui, ce serait formidable. »

La cloche retentit alors, il se contenta de dire « Epatant » et de m'adresser un bref sourire avant de s'éloigner rapidement.

Mon cœur battait la chamade pendant que je courais vers le cours d'anglais, il battait si fort que ma poitrine semblait prête à se rompre. Mais, dix minutes plus tard, toute mon excitation était retombée.

Tim n'avait probablement dit toutes ces choses sur Marcy que pour m'épargner, songeai-je misérablement. Il l'aurait sans doute emmenée à la soirée à la seconde, si elle avait rompu son engagement avec Barry. Et comme il était probablement toujours sous son charme, quel meilleur choix aurait-il pu faire que « cette bonne vieille Anny Wainwright » ? Un vrai pote opposé à une vraie fille, quelqu'un de tout repos, quelqu'un avec qui il n'aurait jamais envie de sortir ?

En temps ordinaire, j'aurais rejeté ce genre d'interrogations en les ignorant ou en me raisonnant. Mais je commençais à m'habituer à parler davantage, à être plus ouverte et plus honnête avec les gens, et je décidai d'aborder tout de même la question avec Tim. J'en trouvai finalement le courage un après-midi, en me heurtant à lui pendant que je rentrais seule à la maison.

« Tim, dis-je en me risquant, le cœur battant, je suis très contente que tu m'aies invitée à la fête de février. Mais je dois te poser une question.

— Quoi ?

— Eh bien, si Marcy n'y allait pas avec Barry, tu ne préférerais pas y aller avec elle ? »

L'espace de quelques secondes, Tim parut sur le point d'exploser de fureur, puis il sembla reprendre son calme et répondit :

« Bon, j'imagine que je n'ai pas volé cette question. Eh bien, la réponse est non, je n'aimerais pas mieux y aller avec Marcy. Point final. »

Je ne devais pas avoir l'air très convaincue car Tim se rapprocha de moi et, en hésitant, passa son bras autour de mes épaules. Puis il me regarda droit dans les yeux et déclara :

« Anny, je pense que tu es vraiment une fille formidable. La mieux de toutes. »

Je crus défaillir en sentant le bras de Tim sur mes épaules, en contemplant ses yeux verts au regard grave, et je lui souris. Tim me sourit à son tour, précipitant les battements de mon cœur.

Vous allez croire qu'après une telle scène je pouvais chasser totalement Marcy Cummings de mes pensées. Mais cela m'était impossible. Vous comprenez, Tim m'avait déjà dit que j'étais la plus formidable, la meilleure. Ça n'avait pas eu grand sens alors. Pourquoi cela en aurait-il eu davantage aujourd'hui ?

Mais je ne voulus plus chercher à savoir *pourquoi* Tim m'invitait au bal. Je voulais tout simplement l'accompagner et m'amuser sans arrière-pensée. Si ensuite nos relations en restaient là, eh bien, j'aurais toujours ce souvenir. Je chassai mes craintes tout au fond de ma mémoire et je me jurai de m'amuser comme une folle à cette soirée.

Inutile de le dire, maman était ravie de voir sa fille se transformer en Cendrillon. Elle me fit même cadeau de vingt dollars à rajouter à la somme que je prélevai sur mes économies pour m'acheter une robe. Et je trouvai la toilette la plus merveilleuse du monde : un souffle de soie parsemée d'un semis de roses bleu sombre sur fond plus clair, des bouillons de dentelle et une taille ajustée qui dégageait ma nouvelle silhouette. Avec mon teint mat et mes cheveux sombres, j'avais l'allure exotique d'une beauté des mers du Sud.

Tim emprunta la voiture de son père pour l'occasion et vint me chercher. Main dans la main, nous nous rendîmes dans le salon pour dire au revoir à mon père et à ma mère. Dans son costume sombre et sa chemise bleu pâle, Tim semblait tout droit sorti des pages d'un magazine et, lorsque je nous aperçus dans le miroir de l'entrée, je dus m'avouer que nous formions un très beau couple.

Bien entendu, papa et maman avaient sorti l'appareil photo pour prendre des clichés. Tout se passa très bien, car Tim me tint constamment enlacée et parce que nous nous regardions les yeux dans les yeux en pouffant de rire. Lorsque papa s'éclipsa pour ranger l'appareil et maman pour m'apporter mon manteau, Tim m'attira en face de lui, ses deux mains posées sur mes épaules nues, et je souhaitai pouvoir rester ainsi pour toujours.

« Anny, dit-il d'un air à la fois sérieux et un peu effrayé, tu es très belle. Il y a longtemps que j'avais envie de te le dire. »

Puis il déposa un baiser sur sa main et la posa contre ma joue.

Pendant que nous roulions vers le lycée, je me demandais comment réagirait Marcy quand elle me verrait avec Tim. Kathy exceptée, personne ne savait que j'y allais avec lui. Bien entendu, Kathy trouvait que c'était tout simplement merveilleux.

Nous garâmes la voiture et Tim m'escorta à l'intérieur. Je portais à la main le gardénia qu'il m'avait offert, toujours dans sa boîte, et que je ne voulus pas agrafer à mon corsage avant d'avoir ôté mon manteau et rectifié mon rouge à lèvres dans le vestiaire des filles.

Tim m'attendait dans le hall et mon cœur défaillit de plaisir en voyant s'éclairer son visage lorsqu'il m'aperçut. Il était visiblement heureux d'être avec moi.

Le gymnase était totalement transformé.

« C'est magnifique, n'est-ce pas ? » chuchotai-je en m'immobilisant au centre de la pièce pour admirer les kilomètres de papier crépon blanc et les flocons de coton astucieusement disposés pour créer un décor de palais sous la neige.

« Oui, acquiesça Tim en souriant, mais pas aussi magnifique que toi. »

L'orchestre entama un slow et Tim posa légèrement sa main sur mon épaule :

« On danse ? »

Je hochai simplement la tête en me laissant glisser dans ses bras. J'avais si longtemps rêvé d'un tel moment, et maintenant qu'il se réalisait, j'avais peur d'être trop étourdie pour pouvoir m'en souvenir.

Je m'en souviens pourtant, j'ai retenu les moindres instants de cette soirée. Je me souviens de Kathy dansant dans les bras de Kurt ; du regard brillant de Carole Deutsch levé vers Billy Dempsey, son premier vrai rendez-vous. Je me rappelle le rythme de la musique et le goût du punch, un tournoiement de lumières, de pans de décor et de visages. Je n'oublierai jamais l'odeur délicieuse de l'après-rasage de Tim lorsqu'il me tenait serrée contre lui, le contact du tissu de son veston lorsque ma main restait posée sur son épaule.

Et je n'oublierai jamais non plus Marcy Cummings.

Elle a failli gâcher toute cette soirée pour moi.

Nous dansions depuis deux heures lorsque je me retirai pour aller me rafraîchir un instant aux toilettes. Qui trouvai-je là en train de se refaire une beauté ? Marcy, bien sûr. Je lui souris aussi aimablement que possible et, après avoir pris mon peigne dans mon sac, commençai à me démêler les cheveux. De temps en temps, je sentais son regard posé sur moi dans le miroir et je me demandais si elle s'était aperçue que je l'observais aussi avec attention. Elle était jolie, je devais le reconnaître, dans une robe moulante couleur lavande qui faisait paraître son teint crémeux comme du lait.

Brusquement, nos regards se croisèrent. Gênée, je déclarai de but en blanc :

« Tu as une belle robe, Marcy.

— Oh, ça ? Merci, Anny. La tienne est... jolie aussi », dit-elle d'un ton assez agréable mais qui laissait malgré tout supposer que quelque chose clochait affreusement dans ma toilette.

Je me remis hâtivement du rouge à lèvres, pressée de partir le plus vite possible. Mais il était déjà trop tard. Refermant son sac d'un claquement sec, Marcy se détourna du lavabo pour me faire face.

« A propos, je tenais à te remercier de veiller sur Tim pour moi, Anny, dit-elle d'une voix susurrante de petite fille.

— Quoi ? hoquetai-je.

— Oui, d'avoir accepté de tenir compagnie à Tim pour qu'il ne soit pas seul. » Elle eut un rire léger. « Il était trop tard pour que je décommande Barry mais je lui ai dit que ça ne me dérangeait pas du tout qu'il vienne avec quelqu'un d'autre. A condition que ce ne soit pas un rendez-vous sérieux, bien entendu. »

Il me fallut plusieurs minutes pour me remettre d'aplomb et trouver le courage de quitter le vestiaire des filles. J'avais donc vu juste, bien entendu. Tim m'avait invitée uniquement parce que je ne représentais aucun danger à ses yeux ou à ceux de Marcy. Il n'avait pas rompu avec elle.

Je fus un moment tentée de me faufiler au-dehors et de me sauver. Puis, heureusement, je me calmai. Une fois redevenue moi-même, je me rendis compte que j'aurais été stupide de permettre à Marcy de gâcher la plus belle soirée de ma vie. Si Tim était toujours avec elle, quelle importance ? Il se montrait en tout cas attentionné — et même davantage, parfois. Il aurait peut-être préféré sortir avec une fille plus coquette et plus expérimentée, comme Marcy. Mais il était avec moi, nous nous amusions bien et il n'y avait aucune raison pour y mettre fin, quoi qu'il pût arriver par la suite.

Ainsi résolue, je rejoignis Tim près du buffet. Et il ne me fallut pas bien longtemps pour oublier totalement Marcy.

Elle ne se représenta à mon esprit que quelques heures plus tard. Nous avions soupé chez *Pop's* avec Kurt et Kathy, riant et bavardant, traînant sans pouvoir nous résoudre à mettre fin à la soirée. Mais après avoir consulté nos montres et nous être lamentés sur les heures de nos couvre-feux respectifs, il fallut bien rentrer. Et je me retrouvai bientôt aux côtés de Tim dans la voiture de son père, garée dans le tournant devant chez moi.

Il m'attira doucement à lui et ses lèvres effleurèrent les miennes.

« C'était une soirée merveilleuse, Anny, dit-il doucement. Vraiment. »

Son baiser avait peut-être ramené à la surface des émotions contradictoires, toujours est-il que j'enchaînai sans réfléchir :

« Mieux qu'avec Marcy ?

— Hé ! s'écria Tim d'une voix qui s'éraillait,

qu'est-ce qui te prend ? Pourquoi ramènes-tu Marcy sur le tapis ?

— Elle m'a dit tout à l'heure qu'elle t'avait donné la permission de sortir avec quelqu'un dans mon genre, dis-je avec raideur. Je sais que ce n'est pas un vrai rendez-vous pour toi et je te comprends très bien. Tu n'es pas obligé de m'embrasser. »

Puis, embarrassée par mon éclat, j'ajoutai vivement :

« Mais j'ai vraiment passé une très bonne soirée moi aussi, la meilleure soirée de ma vie. Merci de m'avoir invitée. »

Je fis le geste d'ouvrir la portière mais Tim me saisit par le bras pour me retenir.

« Hé, minute ! Tu racontes n'importe quoi, et j'ai le droit de savoir d'où ça sort. Tu veux dire que Marcy t'a débité toutes ces inepties et que tu l'as crue ?

— Ecoute, Tim, dis-je, navrée d'avoir provoqué une telle scène, tout va bien. Franchement, tu peux me croire ! Je sais ce que tu éprouves pour Marcy. Et je sais ce que tu ressens pour moi.

— Oh, non ! affirma Tim en secouant vigoureusement la tête. Tu ne le sais pas, sinon tu ne parlerais pas comme tu fais. »

Ces paroles me réduisirent au silence et il poursuivit :

« Ecoute, Anny, j'ai craqué sur Marcy, O.K.

150

Mais j'admets que c'était une erreur. Je la vois telle qu'elle est, maintenant. Je ne la déteste pas. Elle me fait plutôt pitié, quand je la vois manipuler les garçons comme elle le fait sans être capable d'établir une vraie relation avec eux et j'ai honte de lui avoir permis de se servir de moi. Mais je ne tiens plus du tout à elle et je n'ai certainement aucun besoin de sa permission pour t'inviter au bal, toi ou qui que ce soit d'autre.

— Alors elle a dit ça uniquement pour me faire de la peine ?

— Ça m'en a tout l'air. Elle a probablement pensé que tu n'oserais jamais m'en parler et que tu n'en aurais pas le cœur net.

— Mais pourquoi Marcy voudrait-elle me faire du mal ? »

Tim eut un petit rire et brusquement son bras entoura de nouveau mon épaule.

« Peut-être parce que j'ai commis l'erreur de lui avouer une fois que c'était avec toi que j'aurais voulu sortir, avant d'être avec elle. Mais que je n'avais pas eu assez de cran pour t'inviter.

— Moi ? m'écriai-je d'une voix suraiguë. Tu voulais sortir avec moi ? Mais écoute, Tim, protestai-je, tu me demandais constamment des conseils sur Marcy ?

— Oui, j'ai commencé comme ça parce que je croyais pouvoir deviner si je t'intéressais d'après ta réaction. Et comme tu n'as pas essayé de me dissuader de l'inviter, je me suis dit que tu ne me trouvais sûrement pas aussi irrésistible que je l'espérais ! Alors j'ai invité Marcy pour de bon. Et comme elle était jolie, toute douce et toute flatteuse, eh bien, je me suis laissé piéger. »

Je me rappelai ce fameux après-midi chez *Pop's*, lorsque j'avais cru qu'il tournait autour du pot pour m'inviter et avait fini par mentionner Marcy. Je poussai un gémissement sonore.

« Oh, Tim ! Mais pourquoi tu ne m'as pas tout simplement posé la question ?

— Je ne sais pas. C'était idiot. Mais tu avais tellement l'air de savoir y faire en tout, Anny. Je crois que tu m'intimidais.

— Ah, ça alors ! dis-je en éclatant de rire. On en fait une équipe tous les deux ! »

Tim rit en chœur avec moi. Puis, brusquement, il redevint sérieux, sa main posée sur mon épaule m'attirait doucement plus près de lui.

« Oui, une sacrée équipe », murmura-t-il pendant que ses lèvres se posaient doucement sur les miennes pour me donner un vrai baiser cette fois, un vrai baiser pour une fille bien féminine.

Nous sommes en juin, et la fin de mon année de seconde approche. Quelle année ! J'ai à coup sûr appris des tas de choses. Pour commencer, je ne suis plus la grosse patapouf terrorisée que j'étais il y a neuf mois. Maintenant, je me fais des amis ou je les perds par ma seule personnalité, et non grâce aux conseils ou à l'aide que j'apporte. Et d'ailleurs, « cette bonne vieille Anny » servait-elle vraiment à quelque chose, au bout du compte ?

Par un jour ensoleillé, un jour de début d'été plutôt que de fin du printemps, Tim me retrouva à la cantine.

« Un pique-nique dans le parc de la crique de l'Ours, ça te dit ? » demanda-t-il.

C'était la semaine des examens et aucun de nous deux n'avait de contrôle dans l'après-midi.

« Et comment ! » répondis-je, heureuse d'échapper un peu à la tension des périodes d'examen et de passer quelques heures seule avec lui.

Une heure plus tard, nous garions la voiture sur place. Je saisis le sac de provisions que nous avions faites chez *Pop's*, Tim la vieille couverture bleue qui protégeait le siège arrière. La main dans la main, on courut à perdre haleine au bas de la colline herbeuse, vers la baie. Puis on marcha le long du rivage, à la recherche d'un coin tranquille à l'ombre.

On étala la couverture et on s'installa dessus.

« Tu veux manger tout de suite ? demanda Tim.

— Non », dis-je en souriant et lui prenant la main.

Tim s'allongea sur la couverture en me décochant son petit sourire en coin.

« Je suis vanné, déclara-t-il. Heureusement que je n'ai plus que deux exams.

— Oui, approuvai-je, mes doigts enlacés aux siens et caressant de l'autre main ses boucles brunes.

— Pense un peu, murmura Tim, cet été on va pouvoir se baigner ensemble, faire de la bicyclette ensemble, pique-niquer ensemble... tout ce qu'on voudra. Je reste ici pendant toutes les vacances.

— Moi aussi », dis-je en me rappelant avec amusement l'été passé, lorsque Tim était parti au Canada et que j'avais lu ce gros livre dans le seul but de pouvoir engager la conversation avec lui.

« Anny, dit-il soudain en se redressant et en prenant mes deux mains dans les siennes, je... je voudrais te demander quelque chose, mais tu n'es pas obligée de répondre, si tu ne veux pas. Tu peux attendre jusqu'à ce que tu te sentes prête.

— Qu'est-ce qu'il y a ? dis-je en le regardant intensément.

— Anny, est-ce que tu accepterais qu'on sorte ensemble pour de bon ? »

Je sentis mes mains trembler légèrement entre les siennes et Tim les serra un peu plus fort.

« Oui, répondis-je. Je crois qu'on n'a pas besoin d'attendre plus longtemps pour être sûrs.

— C'est le conseil que tu nous donnes ? demanda Tim, le regard brillant de malice.

— Oui ! répliquai-je en riant. Mais c'est le dernier que je donnerai de ma vie ! »

Alors Tim m'enlaça et ses lèvres se posèrent sur les miennes.

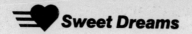 **Sweet Dreams**

Enfin des livres où les pages
vous prennent dans leurs bras.

*La série SWEET DREAMS : une série avec pour toile
de fond la musique, les rencontres, les vacances, le
flirt...*
Découvrez-la.

UNE FILLE PAS COMME LES AUTRES Anne PARK
En entrant dans le studio, je ne pensais plus qu'à
Dennis qui devait être là, perdu dans le public.
Je voulais jouer uniquement pour lui...
Lorsque j'attaquai ma partition, l'archet vola sur les
cordes et les notes ruisselèrent comme un torrent.
Je croyais rêver.
Un silence impressionnant marqua la fin de mon solo.
J'avais le cœur serré.
Mr Greeley, le chef, souriait.
« Eh bien, mademoiselle Ashton, dit-il, je vous
engage immédiatement comme premier violon de
l'orchestre ! »

LE PIÈGE DE L'ÉTÉ Barbara CONKLIN
« Sale menteuse ! cria Cliff. J'en ai marre de toi,
marre de cette maison !
– Pauvre idiot, va ! hurlai-je sans réfléchir. Tout le
monde sait que ton père ne te reprendra jamais. Tu es
vissé ici, Cliff Morrow, et tu ferais mieux de t'y
habituer tout de suite ! »
Rien n'allait plus, cet été, depuis que Cliff et sa mère
s'étaient installés chez nous : avec l'Amour, je
découvrais la Haine...

LA NUIT DU CAMPUS   Debra SPECTOR

Tout a débuté quand le professeur d'économie
politique a lancé :
«Barbara Vreeland et Michael Mc Nally».
Les deux étudiants devaient préparer *ensemble* un
exposé!
Barbara était effondrée : depuis l'âge de six ans elle
se disputait avec Michael. Tout semblait les opposer et
la décision du professeur était absurde.
Mais Barbara et Michael avaient peut-être changé
sans s'en rendre compte...

QUAND JE PENSE A TOI...   Jeanette NOBILE

Tante Jane marqua un temps d'arrêt avant de
commencer :
« Harvard organise un cours d'été qui permet aux
meilleurs élèves de première d'entrer directement en
faculté au mois de septembre.
– Ah, bon?
– Oui, Francès, et je suis parvenue à t'y inscrire.
– Hein? Moi! Mais, ma tante...
– Il n'y a plus aucun problème, tu commences lundi. »
Plus de vacances, plus de terminale, et surtout... plus
jamais je ne pourrais revoir Paul!...

LES COPAINS DE L'ÉTÉ   Janet QUIN-HARKIN

« Voyons, Jill! Si on trouve du travail cet été, on ne
va pas continuer à sortir avec les gamins du collège.
– Que veux-tu dire?...
– Eh bien, je te parie que je décroche cinq *vrais*
rendez-vous avant le mois de septembre.
– Cinq! Pourquoi pas dix! Et avec ton charme
peut-être? Tina, tu plaisantes!
– D'accord, puisque c'est comme ça, j'aurai mes dix
rendez-vous, et avec des garçons intéressants. Tu vas
voir! »

SI JE DANSE AVEC TOI...   Jocelyn SAAL

« Polly, tu vas vraiment passer cette audition pour
être la doublure de Shirley MacLaine ?
– Tu m'ennuies, Jennyfer. Je voudrais bien savoir ce
que tu ferais à ma place !
– Le problème n'est pas là.
– Où est-il alors ? Tu ne cesses de me faire des
remarques, des reproches. Je te croyais ma meilleure
amie, tu parles !
– Oh !. Pourquoi changes-tu tellement Polly ? Tu n'as
jamais été comme ça... seulement... depuis que tu es
avec lui... »

COURSE SANS FIN   Joanna CAMPBELL

Jill regarda le garçon s'éloigner sur son magnifique
cheval.
« Il est vraiment sympa, dit-elle à Maura.
– Je le trouve très prétentieux.
– Au cas où tu ne l'aurais pas remarqué, il n'a pas
cessé de te dévorer des yeux. »
Maura était trop occupée à s'entraîner en vue du
concours hippique pour avoir envie de perdre son
temps avec les garçons.
Mais son amie Jill semblait bien décidée à lui changer
les idées avant la fin de l'été.

 **Sweet Dreams**

 **Sun Valley**

Enfin des livres
qui vous font entrer dans la vie :

*Etes-vous tendre, affectueuse, sincère, désintéressée
comme Elizabeth?
Connaissez-vous une fille coquette, intrigante,
menteuse, arriviste comme Jessica?
Les sœurs jumelles de SUN VALLEY vous invitent à
partager leurs secrets.*

SŒURS RIVALES   Francine PASCAL

« Allô, c'est Jess ou Liz?

– Jessica, bien sûr. Qui est à l'appareil?

– Salut, Jess, c'est Todd. Elizabeth est-elle là? »

Les sourcils de Jessica se froncèrent.

C'était à *sa sœur* que le plus beau garçon du lycée
voulait parler. Cette idée lui fut insupportable.

« Non. Liz n'est pas encore rentrée.

– Ah?... »

Elle remarqua avec plaisir de la déception dans la
voix de Todd.

« Bon, merci. Je rappellerai. »

Liz sortait à ce moment de la salle de bains et
demanda :

« Qu'est-ce que c'était, Jessica?

– Oh, rien, un faux numéro!... »

LA PREUVE CACHÉE   Francine PASCAL

« Enid! s'exclama Jessica d'un ton méprisant. Je me
demande ce que ma propre sœur peut trouver à cette
godiche.

« Voyons, Jess. Enid est une jeune fille très
sympathique. Liz et elle ont beaucoup de points
communs.

– Mais maman, elles sont là toute la journée à
comploter!

– J'ai l'impression que tu es un peu jalouse. Elles se
préparent pour le bal d'Automne, voilà tout.

– Ne t'inquiète pas, d'une façon ou d'une autre je
saurai bien ce qu'elles manigancent!... »

À paraître dans la série SUN VALLEY :

Ne m'approche pas
Tu le paieras
Une nuit d'attente
Ne joue pas à ça

IMPRIMÉ EN FRANCE PAR BRODARD ET TAUPIN
58, rue Jean Bleuzen - Vanves - Usine de La Flèche, 72200
Loi n° 49-956 du 16 juillet 1949 sur les publications destinées à la jeunesse.
Dépôt : avril 1986.